カナダの次はフィリピン

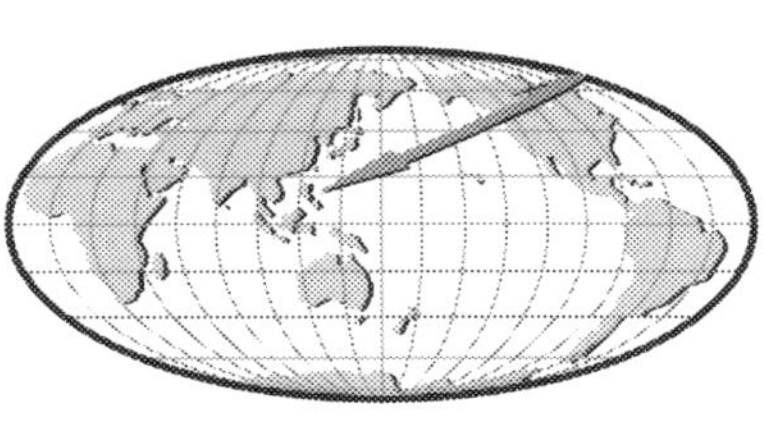

木林《きばやし》 教喜《のりよし》

文芸社

目　次

カナダの次はフィリピン

目次

まえがき

この本は私の前著、「日本少年カナダへ移民す」の続編として書いたものである。

何故カナダの次がフィリピンなのか。

私事で恐縮であるが、最初の妻を乳癌でなくし、二番目の妻とはカナダで離婚、失意のもとに日本に帰国し二年後平成九年十一月に脊髄すべり症の為、市川病院に入院、手術をする。

一カ月半の入院生活で、妻はいないし、孤独と寂寞さに耐えられず、退院後土地感のあるフィリピンに何かを求めて出掛けた。

今回の旅行は三回目であり、最初は一九七四年ペンパルを尋ねて、ダバオ、セブ、マニラと旅行し、二回目は一九九五年ルソン島のバタンガスに出掛け、帰途台風の為ＪＡＬが欠航になり、飛行場で増田さんと運命的な出会いが生じた。

詳細は本文に書かれている。彼のお陰でフィリピン女性と結ばれ、私の第三の人生が始まり、この地の事柄が少し分かりかけて来たところである。

即ちフィリピンは世界第三の英語圏の国である。

入出国に際してイミグレイションに提出しなければならない書類も英語で書かれており、当然解答も英語で書かなければならない。

この英語であるが想像以上にグレードが高く、TV・ラジオのアナウンサー、あるいは司会者達の話す英語は、本場アメリカで話されている英語と同じである。つまり訛りがない。又ラジオの番組で司会者と聴衆者と言葉のやり取りをして、聴衆者の希望音楽をかける番組でも両者とも英語で話をしている。

それから兄弟の多いこと。(これは宗教上の問題で堕胎が非合法の為)大抵七・八人、中には十四人兄弟とか十五人兄弟という人がいる。

現在、マクタン島で同居している、アデリーナの兄弟も三十二歳を頭に下は四歳まで、十四人兄弟であるが、皆仲良く、家庭は貧しいが、貧乏に打ちひしがれることなく、天真爛漫、屈託なく暮している。

特に自分より二人目の下の兄弟は仲が良い。これは多分小さい時、毎日背負って子守をしていた為ではないかと思う。

彼女の上には姉が一人いるが、やはり仲がよく、家によく子供をつれて遊びに来る。

三番目にはフィリピンの人達は、日本人と同じで祭が好きだ。

フイエスタ（スペイン語の祭で土地の氏上様を祭る）と、称してあちこちで祭がある。

この大祭にはビューティー・コンテストがあり、ある時アデリーナが私が日本から買って持参したTシャツを大事にして、自分は着ないで二番目の妹がコンテストに出る時、妹に着なさいといって持参した。結果は二位であったが、我がことのように喜んでいた。

又このフイエスタにはもう一つの思い出がある。

これは姉の婚家先の町のフイエスタがある時、彼女は私に「行って見ませんか」という。

私はどんな催しがあるのか、興味があったので同行することにした。

私は姉とは彼女がしばしば家に来たので面識があったので覚えていたが、彼女の主人は知らない。アデリーナは「以前、私のバースデーパーティーの時、義兄も来てます」というのだが、来客が多かったので私には記憶がなかった。

彼らの住まいはセブ本島セブ市のはずれで、その町に近づくと人波でタクシーが前に進まず、私達は下車して三十分ぐらいかかって義兄の家に辿り着いた。

途中三・四回人の家に入って道を聞いたが、どの家もお客で一杯、屋外に臨時の食卓をおいてお客を接待している。

義兄の家でも既に客が十二・三人、土間にテーブルを三つしつらえて、宴会は始まっていた。

土間に私達がぬうっと入ってゆくと、義兄は私を見て一瞬びっくりした様子であった。

まさか私が来るとは思っていなかったのであろう。

義兄は客が腰かけ、飲み食いしていた一つのテーブルを片づけ、義兄は一部の客には夜、改めて来るようにいったのであろう、客は外に出ていった。

又彼は私が地酒トバツ（ココナッツから作る酒）は飲まないことを知っているので、ビールを買いに行き、帰ってきた時は、レチョンという豚の丸焼き（こちらではこれが最高の料理）も持ち帰ってきた。

先の客のテーブルにはなかったので、大分無理をしているなと思った。

彼ら夫婦は十八歳と十六歳で結婚したと聞いていた。現在は上が小学校五年生と三年生、二人の男の子がいる。

そして主人の職業は、セブ本島にあるゴルフ場で働いているそうで、いうなれば中流の下といったところであろうか。

しかし定職があることはすばらしいことで、アデリーナの十九歳になる妹は、飛行場のあるマクタン島にある立派な工業団地内の工場に一カ月、毎日色々な工場に応募に行き、やっと採用になって大喜びしていた。だが十八歳の従妹は三カ月通っても就職出来ずぼやいていた。

私の取引している銀行がこの団地内にあるので、時々出掛けると門には守衛が二人いて、入門する前に住所、氏名、目的等を書いて、守衛に見せてから入門するので、何時も長い列が続いている。

団地には日本、アメリカの工場があり、イタリヤのフィラの縫製工場もあり、区画整理された立派な団地である。

横道に逸れてしまったが、先客も私達の為に談笑する声も小さくなり、せっかくのフィエスタが大なしになっては気の毒なので、一時間程で退去した。

要するにフイエスタは日本の盆と正月を一緒にしたようなもので、十一月二十七日はマクタン島のフイエスタであり、我家にも百二十人ぐらいの客人がつぎからつぎとやって来て、最高調の時は三十分程で先客が気をきかせ、退去するのである。

次いでフィリピンの人達は歌・音楽が好きだ。若い娘はラジオで音楽が出るとハミングしている。

そして全曲ではないが自分の知っている箇所は歌詞を一緒に歌っている。

日本では以前、子供に歌を歌わせ、審査員のおじさん、おばさん達が無理に批評をして優劣を定める番組があったが、昨今「演歌が流行らない」というのでこの番組はなくなってしまったが、フィリピンではこれに似た番組があって、私が見た時は決勝戦であったが、十二・三歳の女の子と同じ年頃の女の子が片や、セリーヌ・ディオン（CELINE DION）の歌う〝ALL BY MYSELF〟対戦相手は、シャニア・トウエイン（SHANIA TWAIN）の歌う〝FROM THIS MOMENT ON〟であった。

セリーヌ・ディオンの声は高音は金属的であり、低音はささやくような声で歌うテクニックのいる歌であるが、これを見事に歌った。後者の子も劣らず上手であったが、優勝は前者の子であった。

全くプロはだしのすばらしいの一言の競演であった。

アデリーナも機嫌のよい時は英語の歌をよく歌っている。そしてＴＶやラジオで私の好きな曲の題名が出てこなくて、「これは何という曲？」と聞くとすぐ曲名をいう。次回ショッピングに行く時は、そのテープを買うのであるが、職場の女の子は在庫をよく覚えてたちどころに出してくれる。値段も一本日本円で四百五十円ぐらいなので家のテープも随分増えた。

次に私がフィリピンに居るというと大抵の人は「あんなに治安が悪いのに、大丈夫ですか」とよくいわれる。

しかし私はいつも「今の日本の方がはるかに治安が悪いのではないでしょうか」と反問することにしている。衛星放送を見ていると殆ど毎日のように殺人事件が報道されているが、フィリピンではそんな殺人事件はまれである。

確かにマニラでも特定の場所、例えば飛行場の雲助タクシー・ドライバーとか、夜の盛り場とかには居ることは居るが、全部が全部悪人ではなく、旅行者の側の不注意もあると思う。

例を挙げると、

一、日本語で近づいて来る現地人には要注意。彼らは下心があるので相手にしないこと。

特に夜マニラに到着する飛行機の場合は、知人とか、予約してあるホテルから車を廻してもらうこと。

日本人は金を持っているという認識があり、又大部分の日本人は英語がしゃべれないということが通説になっている為である。つまり彼らに反論出来ないからである。

二、夜の盛り場では、やはり日本語で近づいて来る現地人には注意。

「女子学生を紹介しますよ」とか、「面白い所へ案内しますよ」などといわれ鼻の下を長くすると「鴨」になることを保証する。

以上「まえがき」が長くなったが、本文に入らしてもらう。

離　婚

一九八九年カナダ移民後、一年も経過すると、家族の皆がそれぞれこちらの生活にも大分慣れてきた。例えば、どこのショッピングセンターの方が品揃えは良いとか、どこの日本レストランが安くて旨いとか、また、イタリアンレストランはこちらだ、中華レストランはこちらだとか、それから銀行は一週間のうち金曜日が一番混雑するから、その日は避けたほうが良いなど、あるいは道路も、どの路を通れば目的地まで早く着くことが出来るとかである。

子供達も学校生活には慣れたようで、彼らの為に私は、日本の子供向けのテレビ番組をビデオにとり、五十巻程バンクーバーに持って来たが、最初の頃は学校から帰るとすぐ、そのビデオを見ていたが、半年もするとだんだん見なくなり、こちらのテレビ漫画を見るようになった。

その間、登校拒否をすることもなく、週二回は車で二十分ぐらいの所にある韓国のテコンド稽古に通い、彼らも抵抗なくこちらの生活に馴染んだようである。

しゃべる言葉も我々両親には日本語であるが、兄弟同士でしゃべる時は英語でしゃべっている。

妻も英語学校へ約一年通い、最初の頃は電話が鳴っても絶対に受話器を取らなかったが、やがて電話がかかってくれれば、ちゃんと応対するようになった。

私は何時もの「くせ」で、将来は歳の順からいっても自分が先に死ぬことは当たり前であり、その後は妻が子供を養ってゆかなければならないので、女性に出来る仕事、グローサリー（主として食料品を売る店）を経営させようと考えた。

家事は移民直後、家族全員に早く英語を覚えさせる為、二十歳になるキャロラインという女性をパートタイムで雇っていたので、妻がいなくても支障はなかった。

キャロラインは身長百七十八センチ・体重八十キロはあるであろう堂々とした体格で、妻と二人並んで炊事をしていると、妻も東洋人として決して小さくないのだが、まるで子供のように見えるのであった。

しかし気持ちは優しく、よく子供とふざけあって、家の中を「ドスン！ドスン！」と走り回っていた。

こんな事もあった。ある時休暇を三日間欲しいというので、どうするのかと尋ねた。すると、おっぱいが大き過ぎるので小さくする手術をするというのである。そこで「男性は大きい方が魅力を感じるよ」と言うと、にっこりとして、「だが私のは過ぎるのよ」という。

四日目に彼女がきたので、「手術をしても変わらないのではないか、見せてごらん」と言うと悪びれもせず、Tシャツをたくし上げる屈託のない娘《コ》であった。

さて店はバンクーバーのダウンタウンと住宅地のほぼ境目にあたる、フレイザー・ストリートに面し、売り場面積三百三十平方メートル、バックヤードに三人が食事出来るスペースがあり店舗の裏手には車百台程駐車出来るパーキングロットがあった。

この店舗を権利金五万ドル・家賃一カ月二千五百ドルで借りた。

私の予想では月三万ドルの売上・荒利益二十八パーセントでトントン、それ以上の売上があれば利益が確保出来ると考えた。

開店直後から売上は好調で、当初から損益分岐点である三万ドル、翌月からは一万ドルずつ売上が増え五カ月目には七万ドルの売上を記録し、あとは千ドル増えたり、千ドル少なかったりで、スーパー・ストアを除き、個人経営の店舗としては最高の部に属したのではないかと思う。

以前から親しかった韓国人の沈（シン）さんがいうには、バンクーバーに新居を構えた際、こちらではご近所、友人達を招いてオープン・ハウスをするのが常であると聞かされたので、ご近所のカナダ人ご夫妻三組、ご主人に先立たれたお隣のおばあちゃん、あとは彼の友人、彼の属する教会の人々等で六十名程のお客様を招いてパーティを行った。

その中の一人、朱　大建（チュウダイケン）という男をマネージャーに任命した。この男はそれまで、スモーク・ショップといって、文字通り煙草屋であるが、その他、新聞・雑誌・サンドイッチ・マフィン・ドリンク等を販売する店を経営していたが、場所が悪く倒産してぶらぶらしていた男である。彼は、当時細君と、女の子と、彼の母親と五人でアパートで暮らしていたが、まもなく細君とは別れたようで、妻は、その母親と気が合うとみえ、度々彼のアパートを尋ね、長い間話し込んで夜遅く帰って来る事がしばしばあった。妻の推薦でその彼をマネージャーに任命したのである。

一方、妻の弟の安　泰玉（アンタイギョク）は四年間市川の家に我々家族と同居し、日本大学在学中から、私の店であるガソリンスタンドでアルバイトをしていた。

卒業と同時にやはり韓国から留学していた女学生・白　明玉（ペクミョンオク）と結婚

し、私が所有していた小岩のマンションに新居を構えた。私が近々カナダに移民する予定である事を話すと、自分達も移民したいといって、大学卒業と同時に韓国で待機すべく帰国し、住居を探したり、職を探したり、多忙であった。

そして、仕事はある新聞社に勤務したのであるが、一年以上たっても移民出来ず、彼は業をにやし、観光ビザで入国、私の家に同居し、カナダで改めてこちらの韓国人の弁護士に移民申請を依頼したのである。

このような訳で、彼も私の店で働くことになった。

そうこうしているうちに彼に女の子が生まれ、移民者ではないので、出産費用は四百二十ドル程かかったが、女の子はカナダ人として登録され、韓国籍と二重国籍を持つことになり、本人が十八歳になった時点で、自分が選択すればよいことになった。

さて店の営業状況も好調であったので、私は購入した自宅を改築しようと考えた。この家は二階に台所があり、隣室がメインダイニングルームであったので、来客があると必然的に二階にあがってくるので、寝室二部屋はプライバシーが保たれず、又、一階部分には小さな子供用のプールや、だだっ広い応接間、私の書斎、寝室二部屋、サウナ風呂、地下には、ワインセラー等なんとなく住まいとして機能しない、無駄な部屋が多かった。

そこで家に接続していた車庫を台所に、サウナ風呂、プールをつぶし、大きなメインダイニングルーム（ここにはお客三十人は座れる）を作り、二階の従来の台所を、大きなジャグージー付きの風呂場に、メインダイニングルームを我々のマスター・ベッドルームにした。

工期五カ月・改築費二十万ドルをかけ、我ながら見事な家に生まれ変わった。

そしてある時、韓国の古典舞踊団がカナダ公演の為、バンクーバーに来るという。妻とマネージャーの朱は、お店の宣伝のために、我が家でお客、百人を招待し公演したいという。私はとても百人は入りきれないだろうというと、朱と義弟は椅子席では無理だが、お客様に座って頂けば何とかなるというので、公演を試みたが、大成功裡に終わり、ほっと胸をなでおろした。

だがある時こんな事があった。見知らぬ女性から自宅に名を名乗らず、「あなたは、奥さんとマネージャーの朱とが、おかしい事を知っていますか」という電話があった。私は「なぜそう思うのか」と問うと、「二人が店でお互い呼び合う時に、あなたは日本人なので分からないだろうが、韓国では夫婦の間で呼び合う言葉で呼び合っている」と言うのである。私は「冗談がきつい」と受け流していたが、しばしばそのような電話があるので、その都度、「もっと新しいニュースを知らせくれ」といって、問題にしなかった。

一九九四年の新年を迎える為、妻は店のかたづけを終え、夜十時頃帰宅し、今度は家の台所の整理などをしていた。

私は義弟と二人で酒を飲みながら、来年度の販売計画を話し合っていた。すると妻を話題の中に入れない事が気にいらないのか、私の言葉尻をとり、「私と弟とどちらを信用するのか」と、くってかかって来た。私は「勿論、商売に関しては義弟を信用する」と言うと妻はぷっとして席を立ち食堂を出て行った。

私は寝室にでも行ったのだろうと大して気にとめず、それから三十分程義弟と酒を飲んでいた。一時を過ぎたので、もう寝ようと義弟に声をかけ、寝室に行くまえに車庫を見ると妻の車がないではないか。すぐ義弟を呼び止め、二人で妻を捜しに元旦の早朝、先ずマネージャーの朱の家、次に妻が親しくしていた友人の家三・四軒に行ってみたが、彼女の車はなかった。他に行くところがあるとすれば、我々が移民する前年の夏休みに宿泊した、キングス・ウエイ添いの「二四〇〇」というモーテルに行って見た。構内をぐるりと廻ったが、妻の車は見当たらなかった。

義弟が「義兄さん、ひょっとすると店にいるかもしれませんよ」と言う。私は、暖房も切れている店にいる訳がないと思ったが、念の為行って見ることにした。

何と店の裏手のパーキングに車を廻すと、妻と朱の車があるではないか。

義弟は「中に入りましょう」というが、私は「もういい、分かった」といって車を家にむけた。

それから一週間たっても妻と朱からは何の連絡もなく、店のマネージャーが不在ではどうしようもないので、義弟を急遽マネージャーにして急場をしのいだが、人の噂は恐ろしいもので、売上は急に減り、義弟は義弟で店を閉めた後、朱の家に立ち寄り、その母親に姉と息子である朱の行き先を突き止める為、毎晩一時過ぎまで粘って帰宅する日が続いた。

一週間程たって、「義兄さん、とうとう母親が行き先を吐きました。サンフランシスコにいるそうです」と言う。

そこはかつて私も朱と行ったことがある。　彼の高校時代の友人で朴（パク）と言う男の家である。サンフランシスコからハイウエーで二時間余り、太平洋に面した静かなサリーナという町である。彼はそこで洗濯屋を経営していた。

私は、妻と朱にすぐバンクーバーに帰るよう義弟に電話をさせたが、その居所が分かってからは、急に怒りが込み上げてきた。振り上げた手の下ろし場所がなく、一日中いらいらしながら彼等の帰宅を待った。

三日目の午前、憔悴しきった姿で二人が帰ってきた。私は二人を床に座らせ、大声で「この馬鹿野郎」といって手で殴った。

サンフランシスコからバンクーバーまで、二回モーテルで仮眠を取っただけで、殆ど走り続けで来たと言う。

この事があったので、勿論朱は店を辞めさせ、割安の価格で貸してやっていた家からも出て行かせた。そして妻とも、何となくしっくりいかない日が続いた。日本で生活していたときも、妻とは一週間に一度は口争いをしたものだ。

私は物事をてきぱきと処理していかないと落ち着かない性で、別に妻がのろまというわけではないのだが、つい脇から口を出し、それが原因で言い争いになるのである。そんな争いの後で、私は自分のやっている事が小児《こども》じみているのか、少々わからなくなり、自分で自分の性格を考えてみた。

長所としては完璧主義、中途半端にしておけない質、潔癖、例えば自分が整理した室内で、椅子の位置が違っていたり、机の上を整頓したのに乱れたりしていると、そのままにしておけず、元の通りに直さないと落ち着かないのである。短所としては、内気、用心深い、気位が高い、傲慢、不遜等。

だが人間の性格は一口では言えないと思うし、長所・短所は裏腹であって、長所は短所につながるし、短所も長所につながると思う。したがって日本語で考えるより、英語の単語で考えた方が面白いと思った。

例として英語のSHYには訳として、内気な、用心深いとあり、前者の「内気な」という言葉からは、あまり良い感じがしないが、後者の「用心深い」という言葉からは、そんなに悪い感じはしない。同様にPROUDは、「気位が高い」、「高慢な」とあり、同じような単語HAUGHTYには、「高慢な」「不遜な」とあるが、前者の訳には二番目に「自尊心のある」「名誉を重んじる」とあるが、後者のHAUGHTYには、良い意味にとれる「自尊心のある」「名誉を重んじる」と言う訳は見当たらないのである。

このように単語も意味の軽重によって、又、文章の前後の関係によって使い分けるのだと思う。

自分で短所としてあげた、「気位が高い」と言う事で、自分でも面白いと思うことがあった。

若い頃、銀行員で私の担当者が、有名歌手の独演会の券が手に入ったので、是非一緒に行こうという誘いがあった。私は余り気乗りがしなかったので、彼に「君、ガールフレンドと行った方が楽しいのではないの」というと、彼は「まだいないのです」「君みたいに若いのに、情けないことを言うなよ」「その内探します」というやり取りがあり、仕方がないので、一緒に行くはめになってしまった。

席は高額な券であったので、ステージに近く良い席であった。

私はこの種のコンサートは始めてであった。やがて絶好潮に達した頃、歌手がステージから下り、客席にやって来た。客は我勝ちに手を出し、歌手と握手をする。彼も通路に近寄って手を出し握手をした。私はこれを見てすっかり冷めてしまった。内心「馬鹿な奴」

と彼を見下げた。

政治家であれ、芸能人であれ、所謂有名人に対しては、我ながらクールである。したがって人前で挨拶することは苦手である。しかし小人数で、気の置けない連中と話をする時は、不思議と能弁になる。

妻は、結婚後韓国から日本に来て、我が家に入ったら食堂の壁に先妻の写真が飾ってあったり、戸棚の引き出しには「丸山ワクチン」の注射器やら、針がそのままになっていたとか、同じ科白を何回も繰り返して言うので、カッとなって殴ったこともある。「それはお前にわざと見せようと思って出しっぱなしにしていたのではない。又息子達も同居しているのに、お前が来たからといって、急に片づけるわけにはいかないだろう。しかし注射器は悪かった」と、謝っても次から次へとまるで機関銃のようにまくし立て、私に言い訳する隙を与えない。

だが彼女には長所もあるのである。それは家の中は常に清潔にしており、特に台所はピカピカに磨きあげ、時々家に遊びにくるご近所の奥さん方も感心していたものだ。

また気転も利く女性であった。日本在住時代こんなこともあった。ご近所にある新興宗教の熱心な信者のご夫婦がいた。私の留守中しばしば家にやって来て、妻に入会を勧めていた。たまたまその日は私の出勤が遅れ、玄関のブザーが鳴ったので出てみると、その奥さんが立っており、「奥さんはいらっしゃいますか」というので、「宗教の話でしたら来ないで下さい。うちは仏教徒です」といって扉を閉めた。それでも私の留守を見計らっては勧誘にきていたようである。

ある晩私が帰宅すると、妻は、何時もの奥さんが「今日は宗教団体の運動会のビデオを見せます」というので、あまり断ってばかりいられないので、行ってみたところが、選挙運動中で市川地区の候補者が来ており、その人の話だと、「何か願いことがあれば、南の方に向かって三遍お辞儀をすれば、それが叶います」と、またまた勧誘の話になったので、頭にきて、「それではあなたも、南に向かって三遍お辞儀をすれば、当選するのではないですか」といったと言う。列席の皆はぽかんとしていたので、その隙に抜け出して来たそうである。　私はこの話を聞いて大声で笑った。

今回の事件は、妻と朱と関係があったと思えば、そうともとれるし、なかったと思えばそうともとれる。いずれにしても大胆で、無鉄砲な行動であり、主役は妻であって、朱は妻に振り回されたのではないかと思う。いずれにしても私達の間には大きな穴があいてしまった。人間の感情のもつれ、特に夫婦間のそれは容易には消えない。

妻と結婚当時、実家はすごく貧乏であった。父親は腕のいい左官屋で、気のいい人で、ある時職人仲間から花札のゲームに誘われ、それが病みつきになり、博打をしては負け、とうとう家も人手に渡り、二間しかない借家住まいに落ちぶれてしまったそうである。

私達の婚約祝いを彼女の田舎（当時ソウルの清涼里駅から急行で四時間、日本海側にある浦項行きの汽車に乗り、山間を縫って、とある川沿いに開けた町、寧越（ヨンウォル）という駅で下車、徒歩で十五分くらいで彼女の家に着く）で行なうと言うのだが、二間ではどうしようもなく、母親の友人の家で宴会を行った。近所の親戚・友人達三十人程、飲めや、歌えやの盛会であったが、程なく紹介者である朴さんから、彼女の兄が是非家を買いたいので金を援助して欲しいとの申し出があった。私はその頃、新規事業で失敗し、手元不如意であったが、三百万円程都合した。

思うにこれが後年妻を、自分は金で買われたというコンプレックスを抱かせ、なにかにつけ私に反抗するようになったのではないかと思うのである。誇り高い韓国人にとってこの事は絶え難いものであったに違いない。

更に、本音とたてまえのある日本人と異なり、常に本音でぶつかってくる韓国人では、お互いの感情の縺れは容易にはほぐれない。

妻は気持ちの整理に韓国へ一時帰りたいというので、私も今のような状態では毎日顔をつき合せていない方がお互いによいだろうと思いそれを許した。そしてこれが我々結婚生活の最後になるだろうと感じ、離婚について弁護士に相談した。日本であれば、このような事が原因で離婚する場合は簡単であるが、カナダに移民してこちらカナダにも財産がある場合はそんなに簡単なものではないことが分かった。

英米法の離婚の根底にある思想は、男女平等と言う事で、たとえ原因が妻サイドにあったとしても、それによる減点は微々たるものであると言う。日本にも財産がある場合は、妻側の弁護士によっては、日本にある財産の分配にまで及ぶ事もあり得るというのである。

そういえば以前、妻と言い争いをした時、「あなたとカナダに来た理由は離婚する為です」と、言っていたことがあったのを思い出した。その時は何と酷い事を言う奴だと思ったが、今ではこれも朱の差し金で、こちらで離婚した場合はどう言う事になるのかを妻は知っていたのだと思い当たった。

とにかく、夫婦各々が弁護士を立て彼等が争うのである。何の事はない、これでは夫の方が不利になる事は一目瞭然、何故ならば妻にも財産分配の権利があるからである。こちらで初めて不動産を買った時は、不動産業者や、弁護士にも夫婦共有名義にしなさいと勧められた事も、今考えると思いあたったことがたくさんあった。この方法にした方が、固定資産税が安くなるといっていたが、単にこの理由だけではなく、この国では夫婦間で離婚騒ぎになれば、半分は妻側に持って行かれるのであるから、夫の名義だけにしても、しなくても、固定資産税が安くなる以外は、結局同じ事なのである。

アトランタ・オリンピックで最後の聖火ランナーを務めた、かつてのボクシングヘビー級世界チャンピオンのモハメット・アリが離婚を重ね、今や裸一貫になってしまったそうだが、ありうることである。

裁判が長引けば長引く程、弁護士の餌食になるだけであるので、早いうちに手を打った方が得な訳だ。よくとれば、離婚すれば、男性が損をする訳だから、夫はいつも妻に優しく、こちらの男性は外出するときも、帰宅した時も、妻に軽くキスをして「愛しているよ」

と何かにつけこの言葉を口にし、お互いの愛情を確認し合うのであり、表面的にはこれが夫婦円満ということなのか。いずれにしても、私はこの仕組みには納得出来ないのであった。住んでいる家屋を売却し、半額を妻に贈呈し、子供の養育費を二人が成人するまで、二人に三千ドル支払うという契約を妻が承知するかどうかであったが、ちなみに弁護士には一カ月に互る、相手側の弁護士とのやり取りと、契約書作成の手数料として七千五百ドル、当時の日本円にして七万円程であることも分かった。

彼女は結局半年程韓国に居り、その間日本国籍から韓国国籍への復帰が可能かどうかを調べたが、一度放棄したものを、元に戻す事が非常に困難であるということが分かったらしい。又、両親や友人からも、私との復縁が可能であるならば、そうすべきであると説得されたようで、ある時電話で帰宅してよいかと問い合わせがあった。「私の為・子供の為・そして君のとった行動が本当に悪かったと反省するなら、戻って来い」と伝えた。又この半年の間、義弟も帰国してしまったので、食料品店も閉店せざるを得なくなり、捨て値で売却した。

妻が帰国して表面上は再び平穏な家庭に戻った。私は妻にお互い気分を一新する為、住まいを変えようと提案した。彼女も同意したので、懇意にしていた不動産業者を呼び、百三十万ドルで売却して欲しいと依頼した。しかし彼はこの家を私に売ったので、当時の買値が五十一万ドルであることを知っており、又改装費用が二十万ドルかかったことも承知しているので、「木林さん、それは高過ぎますよ」という。私は彼に「君は何年この商売をしているの？　不動産は工業製品、あるいは商品をいくらで仕入れたから、利益を三パーセント上乗せして、いくらで売るというものではないだろう。あくまで、その不動産の価値は買い手が、気に入るか、気にいらないかで決まるものであると私は思うし、又、特にこの家は、バンクーバー広しといえども、ロケーションといい、風格といい十パーセントのすばらしい家の中にあると思うから、君に自信がないのなら他の不動産業者に依頼するよ。急いで売れなくてもよいのだから」といって自分の主張を通した。

私は中国の友人から、天安門事件以後、香港の金持ちがカナダへ移民することはほぼ終了したが、中級の金持ちはオーストラリア、下級はアメリカかニュージーランドと決まっているという話を聞いており、台湾の金持ちはこれから移民が始まると聞いていたことも、強気にさせた一因である。

結局一カ月後に百十八万ドルで私は買い手と手を打った。十万ドル程の値引きは計算済みであったのである。不動産業者も兜を脱ぎ、あなたの商売上手には恐れ入りましたといった。ちなみに買い手はやはり台湾人であり、以後、バーナビィー地区、ひいてはバンクーバーの住宅の値上がりの遠因になってしまった。

次の住宅については妻と種々話し合ったが、バンクーバーの高級住宅地帯といわれている、ウエスト・バンクーバーに求めようということになり、不動産業者をともない、連日彼地へ行き物件を見て歩き廻った。

この地は飛行機でバンクーバーに到着する寸前、天候が良ければ、左手山中に点在する住宅地が機上から展望出来る素晴らしい所である。一九五五年、つまり戦後十年まではイギリス人しか住めなかった高級住宅地であり、ブリティッシュ・プロパティーと呼ばれている所である。

バンクーバーのダウンタウンから、スタンレー・パークを通り、ライオンズ・ゲート・ブリッチを渡ると、このウエスト・バンクーバーに入る。この橋は一九三〇年完成と橋のたもとに記されており、私の生まれた年と同じであることも親しみを感じ、ロープで吊るされている古風な橋であり、下を見ると真っ青な海を時折、貨物船・旅客船が行き来している。

以前の家のオーナーであったイタリヤ人のチェチン夫妻と彼の友人であるイギリス人ジョン夫妻のモーター・ボートで、私達家族四人と計八人が、この橋の下を潜り抜け、周辺の海を回遊したことがあったが、彼のボートには深度計がついており、それを見ていると橋の下ですでに深水八十五メートル、それを過ぎると水深二百メートルにもなる深い海である。

さて新居の方は、ウエスト・バンクーバーの山の住宅地としては、六割方頂上に近い、築後三年の白亜の家を百四十万ドルで購入した。

以前の家はクラッシックな感じであったが、今度の家はモダンな感じで三階建て、建坪百八十坪であり、二階のファミリー・ルームら外を展望すると対岸のバンクーバー島、左手はアメリカのマウント・ベーカー山が見える。この山の頂上は一年中雪を頂き、又対岸の遥か彼方は、リッチモンドにある飛行場に離発着する飛行機がマッチ箱程の大きさで見える。眼下の海は港に出入りする貨物船・真っ白なアラスカ・メキシコ等へ行くクルーズが見え、夏には対岸で行う花火を目線より下で見られる。まるで一年中絵葉書を見ているような光景である。

子供達の小学校は山のカーブを二つ下りた所にあり、行きは徒歩で二十五、六分で行くが、帰りは坂の登りになるので一時間以上はかかった。生徒は一クラス四十人程で、白人、東洋人の比率は半々で、日本人はうちの子一人、韓国人三人、あとは香港系中国人であり、今やこの一帯はブリティッシュ・プロパティーではなく、チャイニーズ・プロパティーに変えなければと囁かれるのである。

さて妻は仕事をしなくなったので、お隣ノース・バンクーバーにある英語教室に再び通い出し、日本人や韓国人のワーキング・ホリデイーで来ている女の子等を伴い帰宅したり、ゴルフの練習場に通ったり、冬は冬で、サイプレス、グロース、シーモア山等で、子供達とスキーを楽しんだり、だんだん古傷も癒えて来たようだ。

私は老化現象か、腰痛が気になり、囲碁友達に沖縄出身のマッサージ師を紹介してもらい、週一回、フリーウエーを利用して三十分ぐらいのところにある治療所に通った。

治療を受けている時は気持ちが良いのだが、終わって自宅の車庫に車を入れ、車から下りる時はもう痛みが走り、一向に快方にむかない。立っていても、椅子に腰掛けていても、しらずしらず腰を曲げている私を見て、今一人の友達が、カナダ人のマッサージ師を紹介してくれた。

彼は南アフリカ・ローデシア生まれのイギリス系カナダ人、ボブという名で、縦も横も相撲取りのように大きな体格をしているが、気持ちは優しい男で、私と知り合った時はまだ独身であったが受け付けではガールフレンドが手伝いをしていた。子供にバスケットボールの練習用にハーフ・コートを買った時も、診療後、家にやって来て二時間もかかってそれを組み立ててくれた。又、私の誕生日パーティーには、ガール・フレンドを伴い、南ア産のワインを、「君はこのワインは飲んだことがないだろう、味わってみてくれ」と、持ってきてくれた。

私は日本在住時代、ワインは飲んだことがなかったが、こちらへ来てからワインを飲むようになり、当初はそんなに美味しいものとは思わなかったが、しだいに日本酒と同様銘柄によって微妙に異なる味が分かるようになってきた。

妻は近所に住んでいる韓国人、金夫妻と、ゴルフ練習場に勤務しているインストラクター達としばしばラウンドをしに出掛けているようで、帰宅時にそのご夫妻を伴って帰宅したりするようになった。又、子供のうち、下の子がうちの下の子と同級であることもあって、この一家との付き合いが親密になった。

しかし、ゴルフ練習場のインストラクターとも陰で会っているようで、私の友人テッド原が同じ練習場でそのインストラクター（安）に教わっており、安はまさか私の友人が私と親しいとは知らず、私の妻のことをあれこれと話をしていることが私に筒抜けになった。

当時私はトヨタの前輪駆動の四Wトラックに乗っていたが、夏休みに子供二人と日本へ行って帰加して、車のメーターをみると五千キロも走っていたり、私の友人の家がゴルフ練習場の近くであるので、街で私の車に「奥さんと安が通り過ぎるのを見た」とか、安の最新情報を流してくれた。

安がテッドに「彼女は一緒に外出する時は最高であり、又、金があるうちは付き合うが、なくなったらさよならだ」とか本人に聞かせたいような話もいっていたという。

彼の前歴は韓国から私達より十年程前に移民してトロントにある自動車工場で働き、彼の浮気が原因で離婚し、その後バンクーバーへやって来て、同国人である韓国人の裕福な夫人をたぶらかしたりしながら生活をし、同国人の間ではとかく評判の悪い男であるようだ。

妻はバンクーバーに移民して来た韓国人から彼の行状を聞き及んでいると思うが、彼女は私に対するコンプレックスを拭いきれず、これが段々と敵意にも似た感情へと変化していったのではないかと思う。

前にも話したように、結婚当初彼女の父親は、腕のいい左官やであったそうだが、ある時仲間から「花札」の賭けに誘われ、これが深みに入り、とうとう自分の家まで失うことになってしまった（韓国では日本統治時代から花札が盛んになった）。それから家族全員の苦難時代が始まった。

例えば長男は高校卒業時、成績優秀で先生から無試験で陸軍士官学校へ入学出来る枠があるからと薦められても、親、妹弟を養わなければならないからと断り、地元の水力電気会社に入社したのである。

当時、韓国は朴大統領の治政下であり、彼を含め、陸軍将軍の大統領が三代続き、軍人優位の時代であった。

私との婚約祝いを田舎でした時も、実家は二間しかない借家であり、あまりにもみすぼらしいというので、近くの母親の友人の家で行った。

そして妻の日本入国の為のビザが、結婚後五カ月たってやっと発給され、いよいよ私と日本へ出発するとき、飛行場のあるソウルまで、家族が見送りに来た車中で（弟は兵役の為不在であった）、妻の紹介者であり、又、商用でも、妻との会話でも通訳をしてくれた、朴　春現氏を通じ、家を田舎で買いたいので、購入価格の三分の二を援助して貰えないだろうかという依頼があった。

間が悪いことに、その時は「ガスカット」という新製品の開発に失敗し、一億円ほどの損害が生じたので、手元、不如意であったが、なんとか都合し、日本円で三百万円、韓国では当時の為替レートが一対三であったので、韓国ウォン、九百万ウォンを送金してあげた。

妻はこのことに始まって、自分が私に金で買われたかのように、コンプレックスを持ったのではないかと思うのである。

韓国人はどんなに貧乏でも、人に会う為に外出する時は、一張羅の背広を着、煙草も一番高いものを吸う、見栄っ張りなのである。大体、貧乏人は人間扱いされず、まるで虫けら扱いされる社会なので、貧乏から這い上がって、金持ちになるということは大変なことである。勿論どこの国でもいえることだが、私は特に韓国ではそうではないかと思う。現代財閥の創設者・鄭　周永氏は田舎の一介の馬車引きからこの大会社を築きあげたと聞く。

そしてバンクーバーにおける、食品店のマネージャーに任命した、朱　大建との出逢い、更には今回のゴルフ・インストラクター安　東喜との交際、いずれも私に対するコンプレックスの裏返しではないかと思う。あるいは善意に解釈すれば金銭が絡まない、純粋な愛に生きたいと願ったのか。しかし、結婚前の女性ならばそれも良いだろうが、既に子供二人も出来、彼らの心理状態、将来へのことを考えればそんな無鉄砲な行動は許されるものではない。

もう大分前から夫婦生活はなく、家に来る客もめっきり減り、かつては私の誕生日祝いには百人もの客があったが、そのようなパーティーをすることもなく、子供達も夫婦仲の良くないことを感じとっているようだ。

家の隣家は正面に向かって右はイラン人、左は香港人で両家とも子供達が同じ学校へ通っているので、子供を通じ、家族ぐるみの交際をしていた。

特に香港人・田家の一人息子チャールズはうちの次男エディと同級なので、毎日のように家を行き来しており、彼を通じ、フィリピン人のメードまで、我が家の揉め事を知っているようで、一週、一度、玄関先までごみ箱をガラガラいわせて坂を下りる折り、最初の頃は単に「グッド・モーニング」と挨拶をかわすだけであったが、そのうち彼女は、私はマニラの南・バタンガスというところの出身だが、あなたは日本のどことか、私には妹がいるが、今度、日本へ帰ったら一度逢ってくれないか。といったようなことも話しあうようになった。

私はバンクーバーに来てからは酒は家に友人を招き飲む習慣だったが、夫婦仲がしっくりいかなくなったので友人と外で飲むようになっていた。

一般的にこちらでは日本の飲み屋といったものはなく、レストランは、洋食、中華、日本、韓国とも十時には閉店してしまうのだが、常連になった日本食堂一軒、韓国食堂一軒は特別に十二時ぐらいまではサービスしてくれるので、専らそこで友人と飲み、憂さ晴らしをしていた。

移民当初から親しくしていた日系の不動産業者である、ジェフ・竹内はしょっちゅう家へ出入りしていたので妻とも昵懇《じっこん》であり、ある時、「木林さん、私で良ければ、ご夫婦の話を聞いて、まとめましょうか」というので、「私は結構、あとは君から妻に話してくれないか」と頼んだ。結局争いが長引いても馬鹿馬鹿しいので、早く話をつけたいと思った。彼の話では金銭的には妥当な線をいっているようである。ただ不動産価格が購入時よりかなり下落しているようなので、お互いの手取り額は売却してみないと何ともいえない状態であった。

帰　国

私は既に半年前から妻と別居し、一人でウエスト・バンクーバーのビーチ・サイドにある十七階建アパートに住んでいた。

ここは築後十年ワンベット・ルームで部屋代は、専用駐車場代込み（保証金一カ月）で九百八十ドル、日本円で九万円ほどであるが、ワンベット・ルームといっても寝室は八畳ぐらいの広さがあり、風呂場とファミリールーム・台所がついており、日本の二ＤＫより広い。地下には五レーン・二十メートル程のプールがあり、二十四時間、一年中使用出来る。

洗濯は同じ地下の一部に洗濯機・乾燥機が置いてあり、洗濯物が乾くまで主婦が椅子に座って本を読んでいる姿をよく目にした。

このアパートから北北西に二十分ぐらい歩くと、西欧の田舎町の商店街とでもいうのだろうか、二階建ての古風な店、レストラン（客が十人も入ればいっぱいになるような、家族的なレストラン）等が道路を挟んで両側に百五十メートル程並んでいる。

徒歩で二・三十分かかるが、私は時折、アパートからここまで散歩することが好きだ。いかにもカナダの町並といった感じで、いうなれば西洋の田舎・素朴さを味わうことができるからである。

ジェフ・竹内から、電話で「奥さんは、家が売れた価格の半分でいい、又家具は応接セット・食器および食器棚・ベット三つ・食堂のテーブル・椅子六脚程はもらってゆくが、良いか、どうか私に聞いてほしい」と、いってきた。

私は勿論これに同意した。

それからジェフは、「どうやら奥さんは家の価格を百十万ドルから百二十万ドルと計算して、五十万ドル程度の家を他の場所で探しているようです」ともいっていた。

やはり二週間程たって妻はジェフに引っ越しするといってきたそうである。

ジェフは早速私に「家の壁を塗り替えましょう」という。

こちらではなるべく早く売るには家を綺麗に化粧するそうである。

そして販売価格をいくらにするか、彼と相談した結果、百四十万ドルと売価で出すことにしたが、彼は現時点ではとても無理で、相当の値引きを覚悟しなければなりませんよ、という。

職人が入ることだし、私はアパートを引き払って家に戻ってきた。

がらんとした子供部屋・マスター・ベットルーム・食堂等を見回る。だがジェフとの話合いでは持ち出さないことになっていた、メイン・ダイニング・ルームのマホガニーで作られた食卓・椅子・八脚・私が大切にしていた貴重な年代物のワイン・ギリシャ産のリキュール・コニャク等を入れておいた、やはりマホガニーのイタリヤ製飾り棚までなくなっているではないか。

かろうじて以前のままの姿を残している部屋は、一階の私の書斎・寝室・隣のカラオケが置いてある娯楽室ぐらいである。

朝八時から夕方五時迄、ペンキ職人二人が入っているので、終了時には立ち会うのだが、こちらの職人は日本と違って、十時・三時の休みはとらず、昼飯は自分の乗ってきた車の中で細君が作ったサンドイッチと、ポットに入れたコーヒーを飲んでいる。独り者はこういった軽食はガソリン・スタンドで売っているので、それらを食べ、一時までは車中で仮眠している。時間から時間までは日本の職人よりよく働くと思う。

さて、家屋売却の話はやはり創造していた通り、難航し、見に来る人もない。

ある時ジェフがやって来て、「木林さん、貸家にしませんか。奥さんには五十万ドルあげることにして、この家を担保にして銀行から五十万ドル借金し、利息は年八パーセントとして、月三千三百四十ドル、将来金利が上がるかもしれない危険性をみて、家賃は月四千五百ドル。どうでしょうか」。これも一案だ、と思い彼にゴー・サインを出した。

新聞広告を出したら、ギリシャ領事がテナント申し込みをしてきたという。しかし、従来のテナント料が月四千ドルなので、本国に照会するまで、十日間保留にさせてほしいとのこと。

おかしなもので、この話があってから二・三日後にイラク人が買い手にでたが、指値は百十五万ドルであるという。

私は多少安くても、借金はいずれ返済しなければならず、貸家にすれば家も痛むし、売れるならば売った方がすっきりすると思い、ジェフに買い手に一週間後までに、頭金五万ドルを積めば他の商談はキャンセルすると伝えるよう指示した。買い手がＯＫしたので、私は内心ホッとした。あとは残った家具の売却、一部は日本へ持ち帰る為、運送屋に来てもらい見積もりをしたが、カナダへ来た時、日通に依頼したら、食器一つ割れていなかったので、値段は多少高かったが、今回も日通に頼むことにした。

私は会社を二つ設立したが、日本に帰国すれば必要ないので、その清算の為、弁護士・経理士に会って話をしたり、銀行も会社の口座・個人口座でも妻と共通の口座があったので、それらの整理、残った家具の売却、日本へ返却する家具の選定、友達への帰国挨拶と、毎日多忙であった。

すべてが終了し、明日は帰国という日、外に出て道路から高台の家を見上げる。誰もいない森閑としたたたずまいをみやる。思わず胸が熱くなり、私にとってカナダへの移民はいったいなんだったのだろう。あれほど新家庭で二人の幼い子供達と新しい生活を始めようと、希望に燃えてこの地へ来たのに、まるで敗残兵のように、すごすご帰国する羽目になってしまった自分が、悪夢をみているような気持ちになった。

私にとって第二の人生は終わった。よし、日本へ帰ったら第三の人生を始めようと、私は心に誓った。

半年は虚脱した状態であったが、フィリピン人メイド・オジの話を思い出し、気分転換をかねて一度妹に会って来ようと彼女と連絡をとり、マニラホテルの従兄妹・ザルディの電話番号を聞き、マニラ到着の日時・便名・時刻を伝えた。

九月初旬、マニラは未だ三十度を越す暑い日であった。

ザルディ・デル・ムンダは飛行場の職員に頼んだのだろう、イミグレーション以前にMR・KIBAYASHIと書いた横断幕を職員が掲げていたので、彼女に従って、ザルディに引き合わせてくれた。

彼の友達だという、ポール・モラレスの運転で、ヘリテイジ・ホテルへ案内してもらう。

サルディがいうには、自分の勤務しているマニラ・ホテルだと度々あなたの部屋へ出入りすると、同僚に変に思われるので、いやだから、違うホテルにしたことを説明した。

私は「今晩は、君の奥さんと一緒に食事をしよう」と、誘った。約束した定刻に夫婦がホテルに来たので、民族舞踊を見ながら、食事の出来るレストランへ案内してもらう。

一九七四年、高度成長時代に突入した日本では、若年労働者を採用することがほとんど不可能になったので、当時NHKの英語テキストで、アメリカ人についてもらい英会話を勉強していたのだが、テキストの最後の方のページに「ペンパル求む」という欄があり、フイリピン、ダバオ在住のニルダという女学生と文通しており、縫製工場設置の可能性を探る為、彼女に案内してもらって、ダバオ、セブ、マニラと廻ったことがあった。

その時は、ナイト・クラブ、ホテル、街のレストラン、どこへ行ってもカーペンターズの音楽が流れていたことが思い出された。

この民族舞踊レストランも彼女に案内されて来たことがあるのだが、今のこのレストランが当時にあったものなのか、どうかは判然としない。

明日、オジの妹・オデット・メンドーサの住んでいる、バタンガスへ案内してくれるという。

そこはマニラの南、三・四十キロの所らしいが、途中交通渋滞が烈しいので、二時間はたっぷりかかるので朝早く出ましょうと、九時には、ポールの運転で一路バタンガスへむかう。成る程マニラ市を抜けても、しばらくは街並みが続き、それがきれるまでは渋滞が続き、早、二時間は過ぎようとしている。車にクーラーがついているものの、太陽の直射を受けてか、ほとんど効き目はない。

と、ザルディーが「田舎では大したレストランがありませんから、途中のドライブインで食事をしましょう」と、小奇麗な食堂で少し早い昼食をとる。そこは冷房がきいており、食事より冷気にホッと一息つく。

レストランを出て、三・四十分してやっとバタンガスに到着する。

オジの実家は農家らしく、庭の片隅は豚小屋があり、又山羊も三・四匹放し飼いになっており、やがて両親と本人が出て来た。父親は一見六十歳前後、母親の方が老けて見える。本人は十七歳だというが、子供子供しており、私の想像より十歳は若かった。

私が半年前までカナダのバンクーバーにいたというと、父親は私もカナダのアルバータ州に住んでいたことがあり、カナダ国籍を持っているという。

二十年間程親戚の一家と共同で農業をやっていたが、年をとって冬の寒さが応え、バンクーバーの方が凌ぎ易いと、移住したという。

私がバンクーバーのどこに住んでいたのかと問うと、「サセックス通り」と、答える。私はこの「通り」を知っており、移民後最初に住んだ家から、さほど遠くない坂道にそった住宅街である。何故私がこの通りを覚えていたかというと、この道からフリーウエーに出るには、かなり急な坂道を二・三百メートル下がるのである。日本にはこんな急な勾配を下り、下りで走る道路にはお目にかかったことがないので、運転してて恐怖を覚えたからである。

ところで本人は、私の第一印象ではあまりにも幼い感じで、女性を感じないし、元来私はどちらかというとグラマーが好みである。

父親は「帰りは彼女をマニラに伴ってよい」というが、私はサルディに「明日の晩は彼女を君の家にとめてほしい」と、頼んだ。

ディナーは奥さんとオデット二人の手料理をご馳走になり、夜は海岸にバンガローがあるからそこで休んでほしいといわれる。成る程、かなり広い敷地にバンガローが十数軒あり、玄関先には二畳ほどのテーブルと作り付けのベンチが置いてある。ザルディは「私とポールがここで寝ますから、木林さんは安心して、休んで下さい」という。暑さと長時間のドライブで疲れた為か、私はすぐ寝込んでしまった。どれくらい寝たのか、ドカン・ドカンと凄い音で私は飛び起きた。昨晩はうす暗かったし、家の外がどうなっているのか、見ていなかったので、部屋のカーテンをあけ、ガラス窓越しに外を見ると、大きな海か湖があり、強風に煽られ高波がセメントの塀にあたっている音であった。

ザルディ、ポールはどうしているのかと思い玄関の戸を開けて見ると、二人とも高鼾で寝ている。テーブルの上には、数十本のビールの空き瓶がころがっている。（こちらはビールはほとんど小ビンである）これでは、二人いてもボディガードにはならないではないかと苦笑して、ベッドに戻り、高波の音を聞きながら、再び寝てしまった。

翌朝、二人に「とんでもないボディガードだったね」と冷やかしてやった。

昨日の予定では、今日は舟で対岸へ行くことになっていたのだが、依然として波が高いので一時間程水泳を楽しんで、オデットを伴い、マニラに向かう。

私が助手席に座り、ザルディとオデットは後部座席に、道中彼女は何か楽しそうにザルディと話し込んでいる。もし私の気がかわれば、何が起こるのか、そんなことは意に介さず、おそらく何回かはマニラに行ったことがあるのだろうが、乗用車で行くことは初めての体験であったのであろう。私はこれなら結婚のことを断っても、彼女はショックをそんなに受けないだろうと、気が楽になった。

夜、再びザルディ夫妻、オデット、ポール、そして私と五人で海鮮料理を食べ、トイレに行くふりをして、ザルディを伴い、待合室で「今回の話はなかったことにしてほしい」そして彼女には私が明日、日本に帰るので、後日伝えてほしいと頼んだ。カナダの姉・オジには私が手紙で結果を知らせるといった。

翌日午後ＪＡＬ七四二便で帰国すべく、飛行場に向かう。チェックインも済み、場内待合室で待機していると、アナウンスがあり、台風の為、本日は欠航するとの事、大勢の人がいたが、たまたま私の隣に私より三・四歳は年上の人がいた。年頃が同じようなので話しかける。

「私はマニラに移住して三年になります。住むには申し分ないのですが、問題は病気になった時、英語は多少出来ますが、とても病状を医者に伝えられる程ではないので、年一度は日本に帰り、ドクター・チェックを受けております。今回もその為に帰国するのです」という。私も、自分の身の上を話し、今度の来比した理由も告げ、再会を約束し、お互いの住所・氏名を交換した。帰国し、暫くはこのことは忘れていた。

折から日本はバブル崩壊後、じわじわと不景気になり、まるでボクシングでボディブロウを食らったように、時間がたてばたつ程ダメージが大きくなっていった。

戦後経済は発展し、戦前には想像も出来ない豊かさを享受したが反面、人間的には皆、身勝手になり、我々が子供の時、親から（特に母親から）「勿体ない」とか「物を粗末にしないように」とか、当時の美徳とされた言葉などは消えてなくなってしまい、むしろ消費は美徳とさえいわれるようになった。

そしてバブル最盛期には、土地・株を買えば儲かる、儲かるから買うという、風潮に国民は酔い、かくいう私もその一人であつたが、投機を大きくやっていた人程、ダメージも大きく、特に株のワラント債など、私の場合五・六千万が零になってしまった。

不動産の場合、十二・三年前に月賦で買っていたアパートを賃貸し、借家人が出て行ったタイミングをみて売却し、二・三億儲けたが、税金も当然払っているので、実質的にはそれ程儲かってはいないと思う。バブルがはじけ始めた頃、当時の日銀総裁は「日本の経済は未だ順調に推移している」等と嘯いていた。又最近経営破綻した金融機関の頭取とか役員の経営責任、商法上の責任を問われて、検察当局により検挙されているが、そんな事より先の日銀総裁とか、当時の大蔵大臣の責任も追及すべきではないだろうか。

アメリカではこの数年の好景気で、インフレーション、つまり人件費も含め諸物価の値上がりなどを早めに防ぎ景気を鎮静化させようと適切な政策をとる、米連邦準備制度理事会（ＦＲＢ）議長、アラン・グリーンスパンの如き人物がいるが、我が国では国民、経済界などから煙たがられるような警告を率直にいう為政者は存在せず、無責任なことをいうか、無視するかであり、嘆かわしい次第である。

民間人のみの責任を問われ、政界、官公庁の責任者をそのままにしては、法治国家として片手落ちだと思うが、どんなものだろうか。

ともかく、二億円程の借金があったが、自宅を売却すれば、返済出来ると考えていた。しかし、年々地価が下がり、売っても未だ借金が残るという状態で、利息だけ払って、地価の回復を待つ以外、方法がなかった。

少しでも会社に貢献しようと、ガソリン・スタンドの見回り、売掛金、現金の回収を受け持ち、又息子に私の意見をいうが、彼は私のいうことなど耳もかさず、両者の間に溝が出来てしまった。

経理の伝票をみても、交際費の使い過ぎ、仮払金の増大等、なにをとってみてもこの不景気をなんとか凌ぐというのではなく、そんなものどこ吹く風と、毎晩のように飲み歩き、道楽息子の歩むきまったコース、博打（主として競馬）にうつつを抜かし、息子宛の葉書・封書の発信先が金融業者からのものが多いので、当然、高利貸しから借金をしていると考えられる。

その内、ガソリン給油所から現金を回収したものを、会社に入金せず着服するようになり、いくらたしなめてもやめる気配がなく、逆に私を敵視するようになった。私は何度、彼を会社から辞めさせようと思ったが、その都度、先妻の弟の事件を思い、息子も彼の二の舞になると思い、このことを思いとどまった。これは行きつくところまで行かないことには、彼は目が醒めないと諦めた。

昔の人は偉いもので、大阪商人は家業を継がせるにあたって、息子には継がせず、娘に養子をもらい、養子に継がせたそうである。養子は養父・養母の目が光っているので無茶は出来ず、このようなことを配慮したのだろう。

そうこうしているうちに、腰の具合がますます悪化し、ガソリン・スタンド廻りする際、車から下り数歩歩くだけであるが、まるで、せむしのように腰をまげて、歩かなくてはならなくなってしまった。一九九七年十月十日の連休の日、長男がサウナへ誘うので、たまには気晴らしもよいと思い、近くのサウナに行った。

彼がマッサージでもしようというので、ついこれをやったところ、腰のあたりをゴリゴリ揉まれ、いたいのを我慢していた。

やがて終わり、寝台から下りようとしたが起きあがれず、これはたいへんなことをやったと思ったが、時既におそし、痛みもひどく半時椅子に寄りかかって、タクシーをひろって帰宅した。寝る時も体をのばそうとすると激痛が走り、目が醒める。

その頃、民放のテレビで台湾で足の裏を揉むと腰痛によいという番組が、現地の映像と共に報道されていた。

これはいいものを見たと思い、早速、台北の友人・陳　国典氏に電話をいれ、近日中に行くから、一番評判のよい店を調べておいてくれるよう頼んだ。

成田から車椅子で連れていってもらって、台北飛行場も、機内から出迎えの人のところまで、車椅子で連行してもらうのだが、こんなに便利なものとは思っていなかった。

イミグレーションも、飛行機の操縦士、スチュワーデスの出入りするところで行い、スイスイ終わるし、荷物検査も無検査で、待合室の人が大勢いるところへ連れていってくれるが、私にはすぐ陳さんが分かったが、彼はまさか私が車椅子で出てくるとは思わず、いつものように目線を上にあげ私を探している。

私が「陳さん」と声をかけると、彼はびっくりした様子で「どうしました」と尋ねる。

話もそこそこに、車で台北市内のホテルに連れていってくれ、この有り様では外へ酒を飲みにも行けず、ホテルのバーで前回別れてからの四方山話をする。

翌日、既に彼が調べたマッサージ店へ案内してもらうが、道中同じような看板を出している店の多いことにびっくりする。流石商売上手な中国人と、感心させられた。一方これではたいしたききめがないなと直感する。それでも客は日本人が二人、台湾の人が三人とはいっている。体格は大きくはないが足の裏、くるぶしのやや下をもむ時の力のすごさ、痛くて思わず足を引っ込めそうになる。マッサージ師がいうには半月は続けなさいといっているが、私の心はもう、このマッサージから離れ、日本へ帰って手術を受けようと決心した。帰りも台北飛行場から車椅子で成田に到着、同じように出迎えの人に引き渡すまで、車椅子を押してもらい、息子の運転で自宅に帰った。

翌日、近くの市川病院に行き、整形外科で診察を受け、入院は病室が空き次第、病院から連絡があるそうで、四日ばかり待った。

入 院 手 術

一九九七年十一月十日入院、手術は十一月二十日と決まり十日間ＣＴとかＭＲＩとか、その他いろいろな検査を行い、いよいよ手術の当日がきた。

腰の手術はカナダでも成功率が低いから、出来るだけ避けた方がよいといわれ、この病院の手術担当医、小柳先生も「あなたの腰は悪いところが二カ所あり、一カ所の傷をとるだけで今回はやめてはどうか」という。

病名は「脊髄すべり症」とのことでこれだけの手術ならば、年内か正月早々に退院できるが、両方一緒に手術するとなると、退院は三月いっぱいはかかるという。私はこの話を聞いて今回は一カ所だけにしておこうと思った。

手術着に着替え、看護婦さんが麻酔をして「五まで数えてください」というが三まではは自分で分かっているがあとは覚えていない。

手術着とか、入院に際して必要な諸々のもの、例えば寝巻きの着替え・歯磨き用品・ペットボトルの水・お茶等は全部妹が用意してくれ、妻はいないし、若し妹がいなかったらどういうことになったのか、今考えてもぞっとする。

手術室から出る時、看護婦さんが「もう終わりましたよ」と声をかけてくれる。廊下には妹、息子達の心配そうな顔が見える。

又病室の両側の患者二人も「お帰りなさい」と元気づけてくれるのである。「同病相憐れむ」というが、その後退院するまで、両隣の人と親しくお付き合いするようになった。しばらくすると手術を執行した先生もやって来て、十日間は寝返りは勿論、左右へ体をむけることは不可という。今まであった何ともいえない腰の痛みは嘘のようにきえているではないか。しかし先生に、あなたはもう一カ所、悪いところがあるということを忘れないで下さい。そして十年後ぐらいには又痛みがでますよ。だから決して無理をしないで下さい」と脅かされる。しかしやっぱり手術をしてよかったと思うのである。

とにかく、今まで入院などしたことがなく、健康そのものであったから、すべてが初体験であった。

翌朝、七時には全員起床、やがて雑用係りの女性が歯磨き用のお湯を持ってきてくれる。起き上がれない人（私もそうであった）には歯ブラシでみがいてくれ、コップのお湯でゆすいでくれる。やがて朝食が運ばれ、私は起きあがれないので、どうするのかと思っていると、ベッドを跨ぐ小さな台と、鏡を持って来て、「この鏡を見ながら食べなさい」という。言われた通りやってみるが、とても食べれない。鏡は実際とは逆に映るので、手前のものが先に、先にあるものが手前に映るので、こぼしてしまい、ベルを押し看護婦さんにきてもらい、始末をしてもらう。「すぐ慣れますよ」といって一日目は、朝・昼・夜と看護婦さんに食べさせてもらったが、これでは大変だと思い、次男の嫁が比較的近くに住んでいたので、彼女に、又彼女の都合の悪い時は、長男の嫁にきてもらい、食事をたべさせてもらうことにした。

手術が終われば、体は健康なので、やがて病院の食事だけでは腹がもたず、次男の嫁に、鮨だとか、ケーキ等を差し入れてもらっては食べていた。

看護婦さんに「アラ！　木林さんいいわね。まるでお殿様みたいですね」等と冷やかされる。

食事はいいが、一番困ったのは下の問題である。

小の方はよいが、大の方はどうにもならない。元来、神経質な自分は、蒲団の中で、しかも両隣の人に気がねしながらする等、とても出来ず、我慢していたが、四日目にはとうとう頭がズキン、ズキン、してきたので看護婦さんに相談したところ、「では下剤をあげましょう。木林さんは大きいから、他人の倍飲んでください」といって薬を持ってきてくれた。しかしそれでも便意を催ず、再び看護婦さんに相談する。「では浣腸しかありませんね」といって、十八・九の若い看護婦さんがおむつをしてくれて、浣腸をしてくれる。「木林さん五つまで数えてやって下さい。さもないと液が十分まわりませんから」というが、三つまで心で数えるのがやっとで、後は気持ちよい程出、内心これではシーツを汚したのではないかと思い、結果を見に来た看護婦さんに、「どう、シーツが汚れたでしょう」と尋ねると、「いいえ、だいじょうぶです」といわれ、ホッとする。

彼女は私の腹を押し、「まだ腸の奥に大分たまっていますから、もう一度しましょう」と再度浣腸をしてくれる。出てくる便のくさいこと。

両隣の人に「すみませんね」と侘びると、「お互い様ですから、気にしないでください」と慰められる。

次男の嫁は天気が良い日は自転車で、雨の日はバスでやって来ては、食事をさせてくれたり、新聞や私が指定した本を買って来てくれ、看護婦さんをはじめ、両隣の患者さん達からも「いいお嫁さんですね」といわれる。

しかし馬鹿息子は、彼女と別居しているのである。彼は自分に意見する人を煙ったがり、ちやほやする取り巻き連中と楽しく毎日を過ごす典型的な坊ちゃんである。

やがて身動き出来なかった十日間も過ぎ、歩行器で病院内を歩くことを許されたので、嫁に「もう大丈夫、明日からは来なくてよいから、長い間有難う」と礼をいい、隣のベットの長田さんを伴い、毎朝、院内の喫茶店で、コーヒーを飲みに行くことが日課となった。そして何よりも自分で便所へ行き、誰にも気兼ねすることなく、思いきり大便が出来ることが、一番有難かった。

十二月九日、六十七回目の誕生日を病院で迎え、次男の孫娘二人もやって来て祝ってくれた。

ひさしぶりに会社の状態を見ようと、経理担当の事務員に振替伝票、二カ月分を持って来てもらった。頁をめくっているうちに唖然とした。未だに彼は事業所から現金を持ち出ししているのだ。私が入院して、少しは責任感が出てくれることを期待していたが、とんでもない、相変わらずである。

彼を電話で病院に呼び、病室ではこんな話をするわけにもいかず、彼を伴い夕刻で誰もいない一階の待合室で、こんこんと話をするが、自分のやったことは棚に上げ、むしろ私を失敗者で嘘つき呼ばわりする。

「オヤジがカナダへ移民するとき、会社はおれにやる」とか、「市川の家もおれにくれる等、上手《うま》いことといって、何一つ実行せず、カナダで失敗して日本へ逃げ帰って来たくせに、何をおれに意見するのか」とまるで息子ではなく、敵と迎い合っているような気持ちになってきた。

待合室の電気も消え、しばしお互い無言で腰かけていたが、そこに担当医の小柳先生が通りかかり、「木林さん、そこで何をやっているのですか。早く病室に帰った方がよいですよ」といってくれる。

私は病室に帰り、「もうすべては終わった。今後、自分は自分で老後のことを考えて、やって行くより仕方がない」と思った。前から頭では、息子のことは半分は諦めてはいたが、やはり親子で一途の望みは彼に托していたのである。

さしせまって、市川の自宅は銀行の担保に入っており、この不景気で銀行は早く売却して、貸した金を返済してほしいというが、買い手が現れず、自宅を事務所として貸していたので、毎月会社から家賃は入ってくるが、これは利息で消えてしまうし、頼りは年金だけである。この年金だけで日本で生活するのは無理であり、どこなら生活できるのか、私は一度フィリピンへ行ってみようと真剣に考えた。

クリスマス・イブに退院し、まず床屋へ直行する。頭髪、髭はのびほうだい、山賊のような出で立ちで、床屋の夫婦を「どうしました」とびっくりさせた。

一わたり、顛末を説明し、二人に「若し貴方も入院するなら市川病院が良いですよ。清潔で、先生もすばらしく、又看護婦さん達も若い人も、年配の人も親切で、何よりも自宅と近いということが一番です」と結んだ。

更に外でみかける若い娘と病院内での若い看護婦さんとを見比べると天と地の相異であり、いかに職業とはいえ、入院中は彼女達を自分の母親のような感を抱かせ、恥ずかしい話しだが、甘えたくなるような気持ちを持った。このような若い女性がいる限り日本もまだまだ大丈夫だと感じた。とにかく、私にとって色々と貴重な体験であった。

二・三日後、一昨年マニラの飛行場で逢った、増田さんに手紙を書いた。近い将来、そちらで生活したいので、一カ月程自分で住んでみたいといった内容であった。

半月後、彼から返書がきた。手紙の中に、最近結婚したフィリピーナと説明付きで二人で撮った写真が同封されており、実はこの手紙が届く頃は、女房の里であるダバオに居るということであった。

二年前、彼と飛行場で合った時の印象とは別人のように若々しく、新妻は二十一歳とか、若し木林さんがこちらですむのであれば、妻の親戚に若い娘が大勢いるから、見合いにいらっしゃいと結んであった。

フィリピン移住を決意

私は渡比を三月初めと決め、その間に体のチェックをすることにした。特に歯は念入りに治療した。

三月初め、私が出発をま近に控え、車庫の掃除をしていると「木林さん、腰の具合はどうですか」と声をかける人がいた。

私はその人と初対面であったが、彼は私のことをよく知っているようで、「失礼ですがどなた様ですか」というと「二軒先の渡辺です」という。「あなたは酒を嗜みますか」と尋ねると「はい」というので、「では夕刻家にいらっしゃいませんか。どうせ毎晩ひとりで晩酌していますから」というと「有難うございます。では後程」といって別れた。

六時半頃、彼はビールの大瓶二本ぶらさげてやって来た。私は近くのスーパーで、タコ、マグロの刺身を用意しておいた。これをつまみに飲みながら色々と懇談する。

彼は奥さんと十二・三年前離婚し、子供は男一人・女二人それぞれ結婚し、所帯を持ち、目下一人暮しをしているという。

私は明後日フィリピンへ一カ月程、旅行するというと、彼は是非同行させてほしいという。

私のチケットは購入してあるが渡辺氏はチケットがないので、「もう旅行社では出発日がせまっているので、飛行場で購入するより方法がないと思います。しかし通常料金では高いですよ」といっても今回はそれでよいという。

私は気の毒なので、手持ちのアップ・グレード券一セットが残っていたので、私の帰りの分をまわし、マニラまでは、ＪＡＬのビジネス・クラスで行った。

機内で彼の身の上話をきくと、大学を卒業した頃、彼の性格を見込まれ、ある人の家に養子に入ったそうで、職業は門塀や、高層アパートの手すりなどを小さな工場で作り、公団アパートがどんどん建てられた頃は需要が多く景気が良かったが、昨今は大したことはありませんという。

マニラでは国際線の飛行場と、国内線の飛行場は少し離れているので、タクシーに乗り、ダバオ行きの機に乗り継ぎ、一時間程で到着する。

二十六・七年前、来た時は飛行場は木造であったが、今は鉄筋の立派な建物である。

そして当時宿泊したインシュラーホテルも建物の一部が改築されただけで現存しており、懐かしかった。

早速増田さんに電話をすると、彼はホテルへ来るという。

「自宅はタクシーで十分だから二十分以内に行きます」と彼の声も弾んでいる。

インシュラー・ホテルのレストランでビールを飲みながら増田さんに渡辺さんを引き合わせた。

「明後日、インシュラー・ホテルの対岸にある、サマール島の海水浴場、通称パラダイスという島へピクニックに行きましょう。今晩、妻を田舎にやり、嫁さん候補を三名程連れてきます」と増田さんはいう。

こちらダバオは三月が真夏であり、事実小学校はじめ、高校・大学と各学校は夏休みであり、新学期は六月に始まるそうである。しかしこのインシュラー・ホテルはじめこの付近は海が近く、海風の為か幾分涼しく感じる。

翌日は、渡辺さんとタクシーでダウンタウンに出かける。私の脳裏には二十六・七年前のダバオが、かすかに残っているが、それは漁村であり、ペンパルの家で、家族、付近の人達に歓迎されたところも海辺で、彼女の案内で町へ行っても、漁村といった感じであったが、時の流れは凄まじく、大きなショッピング・センターが三つもある、大都会に変貌していた。

メインストリートはタクシー、ジプニーでごったがえし、排気ガスも凄まじい。

翌日、十時頃若い女性三人を伴い増田さんはホテルへやって来た。島にも食事を出す店があるそうだが、高いからといって、奥さんと三人の娘さんで弁当を作り、ビール・ソフトドリンク等も持参して賑やかに船に乗り込む。船はエンジンはついているが、両舷に波よけと片方に傾かないように足が出ており、二十分足らずで、対岸に着いた。

娘さん達は増田さん、奥さんから見合いといわれている為か、三人とも神妙に座っており、それでも時々は三人で顔を見合せ、何やらクスクスと笑っている。私の目にとまった娘は丸々と肥った、健康そうな娘であった。

そして娘さん達は水着がないそうで、腰のあたりまで海に入って、水をかけあっていたが、びしょ濡れになったら、もう覚悟したのか、着たままで皆が泳ぎだした。私と渡辺さんは海水パンツを用意して来たので皆に交じって一時泳いだ。童心にかえり、又、年を忘れ、久しぶりに何もかも忘れ、正にパラダイスならではの海水浴である。

増田さんは自宅で明日はパーティをしますから、若し気に入った娘がいたら、指名して下さいという。そして更に次の日はその娘の家に行き、両親と会い、両親から婚約の許可をとることが必要ですと、手順よく事を運んでくれる。

私は常々結婚は相手の第一印象が大切であり、色々考えても結論は出ないと思っている。私の気の早さは、こうと思ったら、それに向かって突っ走る、正に午年の特長を持った男である。

そして昨年の病院生活で味わった孤独から早く、脱け出したいという願望を持っていたので、てきぱきと手順を進めてくれる増田さんに感謝こそしても、何ら抵抗はなかった。

次の日は、学校の夏休みのせいもあってか、田舎から娘さん達の妹だとか、親戚の更に若い娘、中学生達も増田さんの家にやって来て、家の中に入りきれず、ささやかな庭に、プラスチックのテーブル、椅子二十脚程を出してパーティが始まった。

私は予め増田さんに、健康そうな娘を指名していたので、彼女も当然私に指名されたことは承知しているのだが、恥ずかしがって、私のそばに来ない。

彼女の名はローナ・アマリリオ・コビオといい、年令は二十歳である。兄弟は本人と弟の二人であり、フィリピンでは珍しく少ない姉弟である。あと二人の娘さん達の兄弟は八人とか十人とかで、それが普通だそうである。

思うにフィリピン人は九十パーセントはキリスト教徒であり、その教えでは堕胎は罪悪とされているが、中世にあってはヨーロッパではペストが大流行し、人口が半減するような状態であり、この教えは当時の趨勢にマッチしていたが、現代はいかにして増え続ける世界の人口を抑止するかが大問題であり、キリスト教には矛盾があると思う。

本日、田舎から出て来て、このパーティに合流した中で、ローナと最も仲のいい十七歳になる娘さんが、家の中で祝酒を飲んだのか、ビール瓶を片手に、私に飲めという。

私が一気に飲んでしまうと、又中にとって返し、瓶を持って来て今度はローナに飲めといっている。これが始まりで、差しつ差されつ、二人はグデングデンになり、ローナは庭の片隅で、ゲーゲーやる始末、やっと私の出番がきて、彼女をかかえ、家の一部屋に寝かした。

片や十七歳の娘は、皆が面白半分に飲ますと、足はぐらつき、酔眼もうろうとしているのに、いくらでも飲み、その様をみて又皆が囃す。しかしさすがに彼女は、ローナと同様庭の隅でゲーゲーやり始め、訳の分からぬことをいいながら、家の中へふらふらと入っていった。今日のこの日を祝うのか、強いて誰もとめようともせず、フィリピン流の手荒い歓迎には驚いた。

それから増田氏は日本から持って来たという、カラオケで自ら歌いだした。七十歳を超えているのに甘い声で皆を驚かせ、続いて若い娘相手にダンスを始めた。若い頃は中堅企業の専務をしていたそうであるが、その社交ぶりから、かなりやり手の御仁であったろうと想像される。

渡辺さんは、養子に見込まれる程であるからこのような遊びには無縁で、彼がどこに座っていたのか、全く気がつかず、ホテルに帰る頃、やっとタクシーに乗りこんで、増田氏宅を辞した。

翌日は、渡辺さん、ローナを伴い、ダウン・タウンにある、ショッピングセンター、ガイサーノ・ビクトリア等を廻り、結婚式の為の衣装・普段着（南国なので、半袖のTシャツで充分であり、良いもので一着四百ペソ・日本円にして千三・四百円と安い）を買い、一度増田氏宅にもどり、皆を引き連れ、ローナの実家に向かう。

そこは増田氏宅からタクシーで約一時間、ダバオ市街を出ると道が、舗装されておらず、上下振動がひどく、三十分を過ぎる頃から沿道にバナナ農園が広がる。

道の両側に青いバナナのついた樹が二山・三山と続き、ある農園には小型飛行機が離発着出来る、飛行場まであるのには驚かされた。又農園の上にはロープでバナナを運搬出きるようになっており、道路上を通過する時は、まるで鉄道で電車の通過を待つように、車は一時停止して、バナナが通り過ぎるまで待たなければならない。

第二次世界大戦前までは、日本人がここでマニラ麻を栽培しており、日本人が一万人とも二万人ともいわれる程おり、現地人の女性との間に出来た混血児も、既に三世・四世の時代になっているが、かなりの数になるようである。

戦後、アメリカ人がここをバナナ農園に転換して、現在はダバオの重要産業になったとのことである。

やがて急な坂道を下ると、小川をはさんで集落があり、ニッパ・ハウスといわれる家の前には、今日、日本人が来るということで大勢の見物人に遭遇する。この先は車が通らないので、下車し、大人・子供達の晒し者になり、ローナの家に到着する。

このニッパ・ハウスは地面より一メートル程高く建てられ、窓も風通しが良いようにガラス窓もなく、一見涼しげであるが、私は椅子に腰掛けているだけで、とめどなく汗がふき出してくる。

増田氏が私を両親・親戚・又彼の奥さんの両親等を紹介してくれる。

私は自己紹介をし、両親に娘さんを是非妻にほしいと頼むと、承諾してくれ、今後の結婚までの日程を決めてほしいという。

増田氏は自分の経験があるので、手際よく日程を作成し、式は五月十五日とし、ダバオ市で庭園のあるレストランに神父を招き、招待客五十人で執り行なうことにした。しかしこれでは、田舎の人がほとんど出席できないので、翌日改めて百人余りを実家に招待することにした。

豚を丸焼きにする料理レチョンが、こちらフィリピンでは最高の料理とかで、これを五匹とその他ビール、地酒でココナッツを醸造した酒とか、これらにかかる費用を二万ペソ、日本円で六万三・四千円を妻の両親に渡し、宴会の用意を頼んだ。

まだ二カ月も先の事であるが用意万端整いあとは新婦の衣装、新郎の民族衣装であるバロン・タカログの寸法合わせ・結婚指輪は、やはり指のサイズを計り、これは日本で作り、次回ダバオに来る時に持参することにする。

アッという間に二週間は過ぎ、帰国の日がきた。

増田氏に頼み彼の自宅にローナをおいてもらい、家事見習を奥さんと女中さんに教えてくれるようお願いした。私は日本に戻り、自分の籍に入れる為、戸籍謄本をとったり、彼女を日本に連れてくるのに必要な書類を法務庁入国管理事務所に出向き用意した。

十八・九年前、韓国から妻を迎える為やはり大手町の合同庁舎に「在留資格認定証明書」を取りに行ったが、その時は「在留資格」の延長だとか、私同様妻を日本に入国させる手続きの為、ここを訪れる人の多くは韓国人であったが、現在は中国人が多いようで、二階の受け付けには日本語の話せる中国人女性がいたが、その説明では要をえず、直接三階に上がり、自分で確かめることにした。各部屋ごとにその入国目的別に、例えば留学の為の入国とか、事業の為とか、結婚の為とかに分かれており、いずこも大勢の人が、部屋の前のベンチに腰掛け順番をまっている。二時間ぐらい待ってやっと、書類をもらい改めて、外国人と結婚することは大変な事だと実感した。

そして「在留資格認定証明書交付中請書」と「その2、F（同居）の書類には、中請人の勤務先の在職証明とか前年の税務申告書、付属書類としては私の戸籍謄本、住民票等を添付し、これを入管（入国管理事務所）に提出し、日本人と結婚して日本で生活しようとする比国人の査証願いを、現地の日本国領事館に提出し、日本入国が可能な認定書を貰うのである。

これを現地に持参し、今度は妻サイドの提出書類、査証申請書、写真二枚、比国旅券、出生証明書謄本、婚姻証明書等を整え、在マニラ日本国総領事館（ダバオ駐在官事務所）に提出し、二週間程で審査結果が郵送されてくる。

しかし、その書類、即ち提出書類、申請方法説明書に第三として、その他という項目があり「一、申請書類の嘘偽の記入や偽造変造書類を提出した方、又過去にこのような申請をした方は、査証発給の対象にはなりません」まあこの欄は妥当としても、以下の二項目は何としても理解し難い、人を馬鹿にした項目である。

即ち「提出書類が整っていても、査証が発給されない場合もありますのでご了承下さい。今一つ、査証発給拒否の理由につきましては、お問い合わせがあっても回答できません」とある。

これはいかにも日本国の役人上位、下々の人民を見下げた、これでは民主国家などとはいえない問題がある、フィリピン人を馬鹿にした項目であると思う。

一九九八年五月十五日、先に述べたレストランで、ローナ・コビオ家の通う教会から牧師、ダニエルさんに来てもらい、彼の主導の下、カソリック教会の形式で行われた。

私、六十七歳・妻二十歳、指輪の交換も終わり、この若い妻を私が生きている限り愛していこうと心に誓った。

これまでは、我々はホテル住いであったが、田舎での披露宴も終わったので、新居を探すべく、二日間、タクシーをチャーターして方々のビレッジを廻った。

こちらでは中級以上の住宅街をビレッジといい、ダバオには約十カ所ぐらいある。高級ビレッジには、ゲートがあり常時守衛が勤務しており、タクシーで中に入る場合は、守衛に運転免許書を預け、出る時に受け取って帰るのである。

広いビレッジは一万坪はあるだろうか、道路は片側二車線はあり、路の両側にはすばらしい邸宅が並んでいる。西洋長屋、(タウン・ハウス)もあり、一カ所だけに入ってみる。一階は台所、食堂、居間、トイレ、二階はベッドルームが三部屋あり、家賃は一カ月三万五千ペソ、日本円で十一万二千円程である。

ここはインシュラー・ビレッジといい、ダバオでは最高級住宅地であるので、家賃も高いようである。ちなみに売家はざっと見ただけで正確な広さは分からないが、敷地は二百坪～三百坪、建物は二階家で百坪前後である。

私はこのビレッジに隣接している場所を念入りに二回も三回もぐるぐる廻り、やはりタウン・ハウスの二階に売家、貸家の看板が出ているのを見つけ、家主の電話番号を控え、明日案内してもらうことにした。

このビレッジはノバチェラといい、敷地はインシュラの十倍はある広大なビレッジであるが、ゲートはなく、住民も中級の下、中級、中級の上、上級と様々な階層の人々が住んでいる。

道路の八十パーセントは片側二車線でメインストリートには真中に分離帯があり、比較的整頓されて、家々の敷地には色々な花が植えてあり、中でも色とりどりのブーゲンビリヤが咲き乱れている。フィリピンの人達も花好きである。

さてこの貸家は新築で四世帯が続いているタウン・ハウスである。

敷地は一軒当たり六十坪、二階建てで、下は台所、食堂、居間と間仕切りなく、裏庭にはメイド、洗濯室、トイレ、シャワー室があり、二階はベッドルームが三部屋で、マスター・ベッドルームにはトイレ、シャワーがついており合わせると二十畳ぐらいで、あと二部屋はいずれも十二畳ぐらいで、両部屋共有のトイレ、シャワールームがあり、住みやすい家のように思ったので、契約することにした。

家賃は月一万四千ペソ（日本円にして四万三千円前後）で、隣接するインシュラー・ビレッジのタウン・ハウスの約半値である。

家主は十数年前は、フィリピンで有名な女優であったそうで、本人は隣のインシュラー・ビレッジに住んでおり、管理をしている。我々は四号室で、この建物を最初に借りた借家人で結婚式後、五月十七日からここに住む事になった。

増田氏は奥さんとこの家を見に来て、「木林さん、ここはいいや。今住んでいる借家より天井が高く、暑さが和らぐし、又ベッドルームも一つ多いし、広さも広いから二カ月後、今住んでいる家の前家賃を消化したら隣へ引越しします」といって帰っていった。

我々は次の日からは、住む家が決まったので今度は家具・カーテン・食器・エアコン等の買いだしに大忙しで、ショッピングセンター・専門店と廻り、一通り揃えるのに十日はかかった。

私も渡辺氏も、旅行社からの格安チケットで来ているので、最長半月しか滞在出来ず、今回はもっと居たいのだが、後ろ髪ひかれる思いで、新居を後にした。

私は妻一人では、物騒なので田舎から四歳年下の弟ジェリーを引き取り一緒に住まわせ、又何かの用事でこちらへ来ることが出来ない場合を考え、妻名義で円預金十五万円とペソ建て五万ペソで銀行に口座を開いた。

そして妻に何か急な事で金が必要な時は、日本の私の家に電話し、且つ、必ず領収書を取っておくことといい残して帰国した。

六月下旬、今回も渡辺氏を同行して、ダバオに来た。だがマニラ空港では到着客が多く、十二・三あるイミグレーションのブースにはどの窓口（ブース）も二十メートル程の列が並び、国内線出発時間には三十分程しか余裕がない。

「これは完全に間に合わない」と観念した。

空港でタクシーを拾ったのが十分前、私は渡辺氏に「乗れなければ、今晩はマニラ泊まりにしましょう」といって、とにかく国内線飛行場に駆け込んだ。

国内線飛行場に到着、荷物検査係員には、チケットを見せ、国際線のイミグレーションで時間がかかり、今やっとここに着いた旨、説明し、チェックインに直行する。

あたりには乗客は誰もおらず、ここでも同様チケットを見せ、同じ説明をしたら、では機長に待機するよう、電話連絡するから、すぐ行きなさいと、やっと機に乗れるよう手配してくれた。

渡辺氏と機まで走って行き一旦離れたタラップが再び横付けされ、機内に入る。

乗客はあわてて乗り込む我々を、何事があったのかという表情で見る。

スチュワーデスの案内で後部の空席に着くが、二人は別々の席になってしまった。

二・三十分過ぎた頃、私はやっと落ち着き、しばしまどろむ。

と渡辺氏の声と、女性の声が聞こえてくるのではないか。どうしたのかと渡辺氏の方を見ると、隣席に座っている若い女性と何やら楽しげに日本語で話し合っている。

この飛行機はダバオ直行便なので彼女もそこへ行くことは確実である。

到着後、彼女は預けた荷物はないようで、私達に会釈して先に外に出ていった。

渡辺氏に「彼女は何者なの」と聞くと、「ジャパゆきさんで、明日、インシュラーホテルへ来る約束をしました」と鼻の下を長くしている。

彼は英語がしゃべれず、今迄除け者みたいな状態でいたので、彼もつきが廻ってきたと思った。

彼女の名前はローズさんで、美人で、背もすらりとしており、二十六歳、七・八年前ダンサーで日本の温泉場廻りを三回、延べにして四・五年日本に滞在していたそうで、日本語もかなり堪能のようである。

出身地は例のサマール島であるが、現在はダバオで姉夫婦の家に住んでいるという情報を渡辺氏は聞きだしていた。

翌朝、ローズ嬢は渡辺氏を尋ねてホテルへやって来た。レストランで渡辺氏とローズ嬢、私と妻が一緒に食事をしながら「では今日は、お互いに別行動をとりましょう」ということになり、私は妻を伴って我が家に帰った。

小休止後、妻に預金通帳を持って来させ、中を見ると、残高が円建て、ペソ建て両方ともほとんどゼロになっている。妻に「この金は何に使ったの」と聞き糺《ただ》しても、妻はただ

「ごめんなさい。ごめんなさい」というだけ。「それだけでは分からない。説明してごらん」と妻は「ボーリングで使いました」という。「君ボーリングを朝から夜まで、二十日間毎日やっても、使いきれる金ではないよ」更に私は「若しそうだとすると、君は病気になって死んでしまうよ」といっても妻は再び「ごめんなさい」といって、その後は黙秘している。

強情というか、口が堅いというか、私は呆れて、これ以上追求することはやめた。そこで増田氏の奥さんに理由を話して「あなたなら同郷だし、この次、田舎へ行ったら、そこで何かがあったと思うので、少し調べてほしい」と頼んだ。

十日程経過して、彼女から次のような報告を聞いた。

それは、妻の父親の勤務先であるバナナ・プランティション（バナナ農場）から、二・三年前自宅の新築資金を借りており、責任者から、「お前の娘が日本人と結婚したのなら、金を持っているだろうから、金を返済しろ」といわれ、返済し、又弟の誕生日祝いには今迄村で見たこともない盛大な宴会を開いたと言う調査報告であった。

これを聞いて、いくら夫婦とはいえ、又義父母関係とはいえ、これがフィリピンでは当たり前なのか、甚だ不愉快な思いをした。

反面キリスト教に関しては、フィリピンの人達は信心深い。妻を伴いダウンタウンへ買い物に、タクシーに乗る。途中、隣で妻は十字をきっている。最初の頃は気がつかなかったが、ふと道路ぎわを見るとそこには教会がある。又異なるタクシーに乗ると運転手もやはり十字をきる。運転席のダッシュ・ボードには色々なキリスト像がおいてあり、宗教が庶民にまで浸透している。だが運転となると滅茶苦茶だ。九十パーセントの運転手は交通ルールもへちまもない。分離線を跨いで走り右があけば右、左があけば左と猛進し、バック・シートの上からはボリューム一杯上げたテープをながし、クーラーの利かない車に乗ったら、うるさいし、暑いし、頭がおかしくなる。

毎度、私は「ボリュームを下げてくれ」と運転手にいうと彼らはいやな顔をする。

彼らは音楽好きなのである。ショッピング・センターへ行っても館内一杯ボリュームを上げたリズミカルな音楽が流れている。女子従業員は体でリズムをとっている。客と話していても同様リズムをとっており、それが板についていて、おかしいやら、感心するやら、この有り様は日本では絶対に見られない光景である。

お客もある時六・七歳の男の子連れで、買い物に来たようで、その男の子が音楽に合わせて紙袋をたたいて歩いているのには、ほほえましく又滑稽で思わず笑ってしまった。そして土曜・日曜になるとショッピング・センターにある食堂には子供連れで賑わい、フィリピンも確実に中産階級が育っているように私には思われる。

レストランといえば、フィリピンの民族資本で、ジョリビーというチェーン店がある。ここの味がフィリピン人に合うようで、アメリカ資本のマクドナルド（両者同じようなもの、例えばハンバーガーとかフライドチキン、ポテトフライ、スパゲティ等）より常に客が多く、妻や弟もインシュラー・ホテルのレストランのスパゲティより、ジョリビーのスパゲティの方が旨いというのである。

この会社は香港にも支店があり、実業団のバスケット・チームのオーナーでもある。バスケットはフィリピンの国技といえよう。住宅地の空き地には必ずコートがあり子供達がプレーしているし、交通が激しくなく、道幅が広いところにもハーフ・コートがあって子供達があそんでいる。

ショッピング・センターで目だつことは欧米人の妻に先立たれたのであろう年寄りが、

若い女性を連れ、ショッピングに来ている姿である。

彼らもリタイアして年金生活をしているのであろう。

物価は安いし、若い女性に不自由しないし、言葉は英語で通じるし、陽気は寒くなく、彼らにとっても人生最後の天国であるのだろう。

翻えって、日本人にとってはどうであろうか。十年続きの不景気で莫大な財政投融資を行い、赤字財政になっているのにまだ、縁もゆかりもない国や、金を貰うことしか考えていない国に、バンバン気前よく金をばらまき、外面は良いが、内面、つまり自国民に対しては、将来年金がはらえなくなるのではないか、あるいは減額されるのではないかと心配させ、全く日本の外交政策はなっていない。

国際連合の理事国になりたくして、金をばら撒いていると思うが、実弾、つまり金をやっているのだから、理事国でなくても大きな顔をしていれば良いのだ。

破産したロシヤなどこのような状態で大いばり、日本のことをなんだかんだと批判する中国、一番金を貸してもらっている国がこの有り様、日本のことを大国主義だとの軍国主義国だったと批判していて、自分は南西太平洋、スプラトリーは中国のものだといって、基地を作ったりしている。これこそ軍国主義、大国主義ではないか。

日本国はこれに対して一言も文句をいっておらず、中国の首脳に過去の事を何時までも悪かった、申し訳なかったと謝ってばかりいる。

さて、一九九九年十月一日付けニューヨーク・タイムズに以下のような記事がのっている。

「日本人は将来のために貯蓄する能力で有名であるが、国としてみると、先進国中、最悪の財務内容で、債務の膨らみ方は、まるでタンザニアのような発展途上国並である。総額五兆四千億ドル（約五百九十兆円）に上る公的債務の大半は米国の景気刺激要請で拡大した」とある。

これを読むと日本の景気刺激策はアメリカにのせられたのではないかと思う。公明党が提唱した二万円の地域振興券にみられるように、その場凌ぎだけの政策であって、もっと根本的な政策がうちだせないのかと感じた。

一九九九年六月ケルンにて開催されたＧ７のサミットで低開発国に対するＯＤＡの債権を帳消しにする動議がドイツの主導によって出され、又ＯＤＡ以外の公的債務についても九十パーセント免除が同時に採択されたという。これは全く金持ち日本をターゲットにした動議であり、採択であるといわざるをえない。小渕さんは一言も反論することなく、イエスといっている。国民の金を一言も文句をいわず、彼にはこのようなことが出来る権限があるのだろうか。せめてこの動議に対して「国に帰って国会で議論してから結論を出したい」といえなかったのだろうか。この低発国に対する援助金は日本がだんとつで大きい額であつた。

これも欧米の国にのせられたのではないか。これは民間会社でいうと倒産会社にひっかかったようなもので一番の債権国が何もいえず、ごむりごもっともと同調した事は内閣総辞職に価する。

そもそも発展途上国の大部分の国々は欧米諸国に何世紀も前に侵略され、天然産物を略奪され、更に人間まで略奪され奴隷として本国に輸送され、労働させられた。女性は性的愛玩物として弄んだのであるから、それらの国々の開発、発展には罪ほろぼしとして彼ら先進国がすべきであり、日本は免責されてしかるべきと考える。それが援助金が世界一というから、本当に日本外交の無能さと、又いうべきことをいわない無能さにはあきれて物もいえない。

これから政治家・外交官を志す若者は、勉強よりも、体格づくりに精をだすべきだと思う。

出来れば容貌も、美男子とはいかなくても、人を引き付ける顔を持ってほしい。

身長は最低百八十センチ、体重八十キロはほしい。国際会議で列強の大統領・首相にくらべ日本人の体格は、いかにも貧弱で、貧相だと感じるのは私だけだろうか。

大人と子供のような体格では会議する前に、勝負はついてしまう。

年寄りが、小さな体でヘラヘラと苦笑していては、絵にもならない。

男の一物まで小さいと想像される。テレビを見ていて大声で「やめてくれ」と怒鳴りたくなる。日本の政界で体格が良く、頭のきれる青年代議士がいないのだろうか。派閥に属し、親分の顔色を見て、駆引きのみに終始し、国際感覚の欠除した代議士のみでは、日本の将来はお先まっ暗といわざるをえない。

再び年金問題に戻るが、九九年三月八日、NHK日曜討論会で出席者、宮下厚生大臣、笹森連合事務局、神代放送大学教授、中谷一ツ橋大学教授が討論しているのを見た。

種々の議題、例えば「保険料を引き上げ」「給付金は減少」、「財政問題と関連して支給水準の五パーセント引き下げ」「支払い開始を二〇一三年から六十歳を六十五歳からにする」「賃金スライド制を停止」「在職老年年金制度の導入」「諸外国は保険制度を民間に移行」等々であり、私の考えは、ＯＤＡの支援額を減じ、外国人より先ず自国民の仕合せを考えるべきであり、議員（県、市、町も含め）公務員の人員削減を行う、とにかく先進国で一番高い諸物価を安くする。例えば郵便料金、タクシー代はこの不景気になっても全く下らないのも不思議である。

郵政閥、運輸閥と業界の馴れ合いがあるのではないかと勘繰り度なる。

そしてエネルギーの根幹である石油には、日本では何と平成十一年現在、ガソリン一リットルにレギュラー・ガソリン小売価格九十円～九十五円のうち、五十三円八十銭、率にして五十八パーセントの税金が掛けられているのである。だから車はガソリンで走るのではなく、税金で走るのだといっても過言ではないだろう。

これでは運賃、ガス、電気、その他物価が安くなるはずがない。先進国中、法人税率、個人の所得税率、なんでも高い。

こんな高率な税金が一体どこに消えてしまうのだろう。

官僚、公務員等が高給をとり（退職金も含む）又人数も多い。

国民の所得金額、つまり給料の表面上の金額は高額であるが、諸々の経費を差し引くと中身は大したことない。だからおそまつな小さい家にしか住めず、アパートにしても名前は〇〇マンションだとか、〇〇ハイツだとか立派だが、それらはフィリピンのアパートより狭いし、劣る。

又公務員の人数が多いということは、無駄な仕事が多いからである。

具体的には、戸籍謄本、住民票、印鑑証明等を廃し、カナダのように身分証明はカードにして、印鑑はサインにすべきだ。

私は六年カナダに住んでいて、これで何ら不都合は生ぜず、これを実施するだけでも、市・町・村役場の公務員は大分減るだろう。

役人はカナダへ行って、どのように行政を運営するのか勉強すべきである。

又高級官史、大臣の給与、退職金、年金も公表し、国民の審判を仰ぐべきである。

最後に宮下厚生大臣が「年金の財源の一つは消費税であるが、先進国はこれが十パーセント前後であるが、日本では先に三パーセントから二パーセント上げるだけで国民の大反対があったので今すぐには無理であるが、ゆくゆくは欧米先進国並にしなければならいと思う」と述べたが、これを聞いて、彼は何と勉強不足なのかと驚いた。

私は一九八九年一月から一九九五年まで六年間カナダで住んでいたが、当時、B・C州では州税と連邦税で消費税は十三パーセントであった。これだけの消費税を払っても物価は日本より安いのである。日本より高いものは煙草ぐらいで、これは皆に煙草を吸うなということで高い税金が課せられているからである。

私の友人が奥さんと二人で生活していた。ある時私は友人に「お二人で一カ月如何程生活費がかかりますか」と尋ねた。

「家は自己所有でタウン・ハウスなので家賃はいりません。生活費だけなら、カナダドル（当時円とカナダドルと交換率は一ドル八十六・七円であった）で千ドル（日本円で八万六・七千円）で充分です。これで週一回はゴルフもします」（カナダはゴルフが安い。一ラウンド、パブリックコースなら二十五ドル〜三十ドル（日本円で二千円〜二千四百円）でラウンド出来る。

日本のような物価の高い国で十三パーセントの消費税を加えたら、暴動が起きてもおかしくないし、暴動を起こすべきだと考える。

先の欧米人の年寄りもここフィリピンは本国より更に物価が安いし、しかもプラスアルファがついているから益々天国であるのだろう。

いずれ日本は従来の外交政策、つまり、諸外国への金のバラマキと十年間に至るバブル崩壊後の金融機関や経済を浮上させるための莫大な財政投融資金の回収には大増税と国民の福利厚生資金のカットしかないので、更に住みにくい国になるのであろうから、皆さんに今から老後はパラダイスで生活する為に、英語の勉強をしておくことをお勧めします。

女性にとっても小松崎憲子女史の書いた「マニラ極楽暮らし」によると六十歳ぐらいから英語の勉強を始めフィリピンの永住権をとり、ダンス、スキューバダイビングを覚え、二人のメイドさんに傅かれながら、快適な老後生活を送っておられる（株式会社マガジンハウス社）。

ついでに私達のダバオでの一カ月の家計予算は次の通りである。

ガス、電気、水道、電話　　四〇〇〇ペソ

食料費	六〇〇〇ペソ
妻小遣い	三〇〇〇ペソ
家賃	一四〇〇〇ペソ
私の小遣い及び予備費	一〇〇〇〇ペソ
合　計	三七〇〇〇ペソ

為替の変動もあるが、大体一対三として、日本円十一万一千円で生活できる。

日本領事館

私は日本外務省の出先機関である領事館へ二カ所行った。

一カ所はカナダ・バンクーバーにある領事館で、用件は一度は私のパスポートの更新の為とあとは毎年年末になると年金受け取りのため「社会保険業務センター」から〈現況届〉という書類が送られてくる。

これは年金受取人が間違いなく、生存していることを証明するものである（平成十年度分は市区町村長の証明は不要となった）。

領事館へ行くと、「年金受給のために必要な在留証明書申請用」という書類が用意されており、次回の申請に当たっての必要書類として

1、日本国旅券
2、最近の電気、又は電話料金の請求書
3、今回発給を受けた在留証明書の写し

等を用意し、提出しなければならない。

しかし、ここでは窓口に日本人女性・男性がおり、勤務していたが、今回フィリピン・ダバオ日本領事館へ行ってびっくりした事は、窓口には現地人しかおらず、少し話しが込

み入って来ると、彼ら（男性、女性）では明確な回答が出来ない。

そこで「日本人をだしてくれ」と頼んでも奥へ入って、しばらく出てこず「今日本の方は外へ出ています」と歴然として居留守であることを平気でいう。

場所によって、同国人に対する対応がこうも異なるのかと慎然とするのでる。

私はこの地では日本人会に加入していないが、加入している人の話では、領事は年配であり、多分この地が最後の勤務地であろうと本人も認識しており、趣味かどうかはわからないが何かを執筆しており、退官後はそのことに専念したいともらしているとか。役人は積極的なことをして失敗するより、平凡に前任者がやって来た通りのことをやって、とにかく、失点を出さないよう心がけているのが普通のようだ。

おりしも、中央アジア・キルギス人通訳の一人ＪＩＣＡ（国際協力事業団）派遣の邦人四名と、キルギス人通訳の一人計五人が、イスラム武装集団に拉致され、六十三日ぶりに解放された事件があった（一九九九年十月二十五日）。

この事件は、アメリカ大使館ではいち早くこの地域での不穏な情報をキャッチし、二百人のアメリカ人をこの地から退去させたという。これに反し、日本大使館は何らの情報も把握しておらず、このような無様な結果を招いてしまったが、大使館本来の使命はその地の情報収拾ではなかろうか。

その為には、大使館の内外を問わず、多くの現地人との接触が必要欠くべからざるものと思う。出先機関の人達は館内に閉じこもっていてはいけない。大いに外出し現地人と接し、友好と現地情報の収拾に務めるべきである。

さて石原慎太郎氏が、弟裕次郎氏のエジプト大使館での一騒動を「弟」という題の本の中で語っている。

私は今迄裕次郎という、俳優については格別のファンではなく、ただ慶応の後輩にこういう奴がいるという認識しかなかったが、この一文を読んでからは、すっかり彼のファンになってしまった。

これを読者の皆様に紹介したいと思う。

「アラブの嵐」という出来の悪い娯楽物だったが、撮影は一応エジプトまで出かけていっての折のことだ。多分日活としては初めての海外ロケを売り物にした作品だったと思う。弟がエジプトまできているというので、カイロ在住の、主に日本企業の社員や家族たちが彼に一目会いたがり、その声が高まって大使館としても無視できなくなってある日、大使の使いがやってき、大使館に邦人を集めて一席もうけるのでみんなのためにも是非きてやって欲しいという。それでお役に立つならと、弟以下主な俳優とスタッフが仕事の後、着替えて大使館に出かけて行った。

私はその前の大使にカイロ滞在中、一夕公邸でご馳走になったことがあって当時の建物を知っているが、玄関の前の車寄せのある小広い前庭に、集まった邦人たちが並んで迎えに出ているところに弟たちが車から降り立った。

一斉に拍手と歓声が上がったら、一番前に立っていた大使夫人がつかつか近づいてきて、

「あらきたわ、きたわ」

いいながら弟を指差し、

「あなた、これが裕次郎よっ」

亭主を振り返っていったそうな。

一瞬周りが冷めて、シーンとなった。

途端に弟がゆっくり大使夫人を指でさし、

「おい、お前さんこの家の女主人らしいがここじゃ大層な家に住んじゃいても、日本に帰りゃ長屋にでも住んでるじゃねえのか。ここでいい思いが出来てるのも、ここにもいる国民の払っている税金のお陰だろうが。勘違いしちゃいけないよ。いったい手前が何様だと思ってやがるんだ。こんなとこで水一杯もらっても何いわれるかわかりゃしねえや。そうじゃないの、皆さん。今夜は僕が奢るから、みんなここを出て僕のいるホテルで気分よく一杯やろうよ。さっ、帰ろうぜ」

言い捨てて踵を返し、出ていってしまった。

当然スタッフも彼に従う。となったら館員以外の邦人があっという間に雪崩れを打って弟について前庭から出ていってしまった。

その後ヒルトンホテルで弟を中心に日頃の鬱憤を晴らした邦人たちが、男も女も夜明けまで大騒ぎしたという。

私はその話を、大学同窓の当時カイロ在住の商社員から後になってきかされた。

「とにかくあんな痛快なことはありませんでしたよ。日頃権柄《けんぺい》ずくの鼻もちならない女で、なに勘違いしているのか我々民間人なんて人間でないみたいな扱いでね。大使館の中でも妙な階級意識で、何かの催しものの際には、館員の奥さんたちにまでいちいち亭主の役職を記した札をつけさせるんですよ。つまりキャリアとノンキャリアの歴然たる差別をね。だから大使館のスタッフの間でも鼻つまみ。でも誰も何もいえない。まして何いじわるされるかわからないから、ただ我慢ですわ。それを祐ちゃんが、まさに映画のシーンみたいに小気味よくばっさりやってくれて、ホテルに移ってから感激して泣いていた者もいましたよ」

ということだった。

私には目に見えるような話だ。

私も兼ねがね官吏、官僚の特権階級意識には頭に来ることが多かったが、彼らが口では国民の「公僕」などと嘯いて二枚舌を使う見下げた奴と思っている。フィリピンでは、マニラ新聞という日本人向きの日刊紙が発行されている。

ある時、紙面四分の一に、○○閣下歓迎会を、○○日、○○にて行うので会費○○ペソで出席されたいという広告が日本人会の名で書かれていた。

私は六十年前の広告かと一瞬思った。「いったい何様がマニラに来るのだろう。今時〈閣下〉が日本にいるのだろうか」と、何のことはない新任のフィリピン駐在マニラ大使の歓迎会だと分かった。

私は、「官吏に阿《おもね》る国民も悪い」と感じた。

レイテ島
激戦跡廻り

我が社の古参社員・前田君の父君が、先の第二次世界大戦でレイテ島で戦死された。前田君はことある毎に一度彼地に渡って墓参りをしたいといっていた。たまたま私がフィリピンに半永住しているので、この機会に彼の念願をかなえたいと、九八年に夏休みをとらないで、九月初旬彼をフィリピンに同行させた。

マニラ経由でダバオの住まいに到着。

かねて妻の実家の近所にいる、レイテ島出身の青年、アーウィン・レイエスに、この九月レイテ島へ墓参りに行く案内を頼んでいたので、彼に来てもらいスケジュールの打ち合わせをした。

私と妻・前田君とレイエス総勢四名で、先ずダバオからセブ島に渡り、そこで一泊、翌日高速客船でレイテのオルモックに一泊、この船は二時間でオルモックに到着する。現地の人は運賃の安い船で行くので十時間はかかるそうである。

ホテルは港のすぐ目の前にあり、中級といった感じである。

小休止の後、レイエスはレンタカーを探して来ますといって出ていった。

私は前田君に「絶対単独行動をとらぬ事」と、念をおした。

というのはダバオのある、ミンダナオ島では現在もモスラム教信者の一派が山中に籠もり、政府軍と交戦したり、外国人を拉致し、身代金を要求する事件が時々あるからである。このモスラム教は十四世紀後半には既にスルー諸島で伝道が行われ、有名な「片手にコーラン、片手に剣」をスローガンとした、戦闘的宗教である。

私はこのレイテ島は地図で見る限り、そんなに大きな島ではないので、山も高くなく、深いものではないと思っていたが、念の為、彼にいったのである。

オルモックで一泊した朝、七時頃ホテルを出発、道を北にとり、「タンブコ」にさしかかると、右手に、小学校があった。

朝礼をやっているようで校庭に全生徒が集まり、国旗を掲揚し生徒達は国旗に向かって挙手の敬礼をしている。生徒数が多く、隊列の後尾が道路まで延びているので十分間程、朝礼が終わるまで、停車して待っていた。

フィリピンは四百年以上の欧米の支配から脱却しようと何回も独立運動をし、その都度敗れ、一九四六年アメリカからやっと独立したので、国旗に対して格別の思いがあるのだろう。

小さなステッカーになった国旗が自動車の窓にまで貼られているのを見る。

さて、前田君の父親は、職業軍人であり当初の配属地は満州（現・中国東北地方）であったが、第二次大戦の激化によりフィリピンへ急遂・派遣された。

私は今回の旅で米軍が反撃の為最初にフィリピンへ上陸した地がこのレイテ島であることを初めて知った。

マッカーサーのかの有名な「I　SHALL　RETURN」の言葉と共に幕僚を従え、浅瀬の海を上陸してくる写真をかつて何回か見たが、彼が厚木飛行場下り立った時の写真と共に我々の年代の者にとつては忘れることが出来ないものである。

それは「本当にアメリカに敗れたんだなあ」という実感と共に「アメリカの将軍は日本の将軍より垢ぬけて、格好いいなあ」という羨望の思いである。

道を更に北にとり「バレンシヤ」の附近で、案内人が「ここも日本兵が大勢死んだ所です」というのだがそれを証明するものが何もない。仕方がないので車から降り、前田君が故郷、仙台から持ってきた酒と羊羹（仙台名物の細長いもの）を石で作った祭壇に供え、線香を焚き、又二年前、前田君の姉さんが父君の最初の赴任地満州へ旅行した時、父君の好きだった銘柄のタバコも（湿気ってしまっている）供え、一同礼拝する。

すると我々の騒ぎを聞きつけ附近から十二・三人の子供、年寄りが集まってきた。

私は一瞬まずいなと思った。

老婆が「何をやっているのか」と尋ねるので、「実は、彼の父親が、第二次大戦中、ここで亡くなったので、慰霊に来たのです」と答えると、彼女は「私は覚えている。見なさい五十メートル程先の川に大勢の日本兵が死んで、川の水が真っ赤に染まった」というではないか。何事もなく終わったので一同やれやれと思い、前田君は袋から羊羹を出し、子供達に「ジャパニーズ・チョコレート」といって渡した。子供達は喜んで「旨い・旨い」と食べている。

私達は再び車上の人となり、五十メートル程行くと、成る程川があり、水量は多くはないが、それを見ながら古を忍んだ。

川の上流を見上げると千メートル級の山々がかなたに見える。

次は「カフラン」で日本兵が沢山死んだ所だそうで、彼の父君がどこで、戦死したのか分からないので、戦後九死に一生を得た兵士が、仙台まで尋ねて来て、東海岸から山を越え、敗走して来た地図を奥さんに渡したそうで、それをもとに我々は古戦場を尋ねているのであるが、ここには石碑が建てられており、英文と日本文とで、例えば「京都第何師団・〇〇師団の兵士が戦死した場所であり、フィリピン政府の協力により建立した」と記されている。

ここでも最初の「バレンシヤ」と同様に近所の住民が十人程、集まったので、私はその一人に「日本人が来ることがあるのですか」と尋ねると、「年に二・三回程、グループでやって来る」と答える。

ここから先はそう高くはないが山岳地帯になり、前田君が持って来た地図にもカタバラン山、これは日本兵がつけた名前であろう「三つ瘤」とか「死の谷」とか、「リモン川」、「ナガ河」等が記されており、多分この二つの川の源であるのだろう山々が続いている。

そしてその中心ともいえる集落と思える所が「リモン」とある。

ここはレイテ一番の街、タクロバンから西に海岸線に沿って、そこから南へも西へも行ける合流地点であり、交通の要所のようである。

兵士が渡した地図は「レイテ島の主要戦場地域図」と「十一月中旬から十二月初旬頃の

戦闘経過図」と二枚あり、いずれも素人が書いたとは思えない程、精巧に書かれており、特にこの「リモン」附近は「カポーカン」「クラシアン」「アナガスナス」は最大の激戦地のようで、攻めたり、退去したり、米軍の大隊の名前まで、例えば「スプラギンズ大」「クリフォード大」とあり、山の名前も日本語で書かれている。「秀山」「勝山」「天幕山」「平塚山」「三つ瘤」等であり、いずれにしてもこの地帯がレイテ戦の勝敗の天王山であったようである。

そしてここから南へ敗走し、生き残った兵士達は「アビハオ」という港町から小舟で、セブ島へ脱出しようと、集結したらしい。そこを米軍の盤砲射撃で攻撃され、ほとんど全滅したと、前田君は母親から聞き及んでいる。

我々の慰霊の最後の地もこの「アビハオ」である。当時の面影は勿論なく、小さな商店街を過ぎると海岸に沿ってロンボイの林があり、その中に石碑がやはり立っており、ここだけでなく、どの石碑にも戦死した兵士が属していた連隊名がかかれている。

ここは、やはり漁村で集まった数人の人達は漁夫の夫婦であろう、皆が籠を肩にかけ、子供達だけが残り、大人は我々をちらっと見るだけで通り過ぎて行く。

やがて来た路を引き返し、まだ日のあるうちにオルモックへ戻って来た。

私の予想とは随分違ったが、全線舗装され、又、レイエスが道をよく知っており、スムーズに移動出来た為であると思った。そして地図を見なおすと、今日往復した距離は全島の二十分の一にしか当たらないことが分った。

私はレイエスに「ここは他の島、例えばダバオでは街を出ると舗装されておらず、車がスピードを出せないが、どうしてすべての道が舗装されているのか」と尋ねた。彼の答えは「マルコス大統領の奥さんイメルダ夫人の生まれ故郷が、ここレイテだからです」という。日本の且ての田中首相のよう「故郷に錦を飾る」で特別自分の故郷には種々と配慮したのであろう。

いずれにしても今回廻った所は島の西半分だけで、東半分と大都会のタクロバンは見ていないが、家々も貧弱な建物はなく、清潔な島という印象が残った。

夕食は皆でホテルに隣接し、海が前面に見える小奇麗なレストランでとり、最終船でセブ島に戻った。

翌日はレイエスはダバオに帰り、我々は前田君をマニラまで送るべく二手に別れた。

本来ならばフィリピン航空で、セブから成田まで直行便があるのだが、生憎ストライキ中なので、マニラまでいかなければならない。

又マニラには兼ねがね在日韓国人羅君の友人が旅行業者として成功し、私がフィリピンにしばしば行くのを知って、是非彼を尋ね、近況を知らせてほしいと頼まれていた。だが私はいつもマニラで国内線に乗りかえてしまうので、この約束を果たせなかった。たまま今回は、私達夫婦と前田君がここで一泊しなければならないので、ホテルから彼に教えてもらった電話番号に電話をかけた。

だが彼は引越ししてしまい、そこには居なかったが、幸いその先の電話番号を教えてくれた。彼の名は金さんで、十八・九年前一度市川の家に奥さんと羅君とが来たことがある。それ以来のことであったが、電話をしたら私のことを覚えており、「ダイヤモンド・ホテルのロビーで待っています」とのことであった。

我々三人がそのホテルで小休止していると、彼はやって来て、「あの時は色々有難うございました。丁度昼飯の時間ですから、私の友人がやっている韓国料理でも食べに行きましょう」といって我々を案内してくれた。

食べながら彼の話によると、九十六年までは、韓国の好景気のためもあり、旅行代理店としては、大成功を収めたが、九十七年のアジア経済危機で客足はぱったりとまり、商売にならないので、今更韓国に帰る訳にもいかず、全財産を投げ出し、勝負にでましたという。「食後ご案内しますから見て下さい」という。

その場所はマニラの日本大使館の裏手にあたり、日本人の会社も沢山ある一等地だそうで、成る程建物は九分通り出来上っていて、韓国料理、隣には日本のラーメン屋、二階はカラオケであと一カ月後、開業の運びだそうである。

彼について羅君から「彼は度胸のいい男です」とは聞いていたが、あまりに大規模な店構えなので驚いた。

彼に「次回はダバオへ行く時、マニラで一泊するから、開業状況を見せて下さい」といって別れた。

前田君はフィリピンが初めてであるので、今晩は民族舞踊、バンブー・ダンスを見ながら食事をすることにする。

翌日、午後一番の日航機で彼は帰国し、私と妻はダバオへ戻った。

1998年
年 末 風 景

ノバチェラに住んで半年が経過した。

近所の若い人達がやって来るようになった。

また妻の弟ジェリーは地元バスケットチームの一員となって年末に決勝戦があるというので、練習の後バスケット仲間が度々家にやって来て、カラオケを楽しんだり、たまにはビールを飲んだり、私が「五目並べ」を教えたら、これが流行し、一カ月もすると私も時々負けるほど、皆、上達した。

十一月中旬になると、街はもうクリスマス・セール一色になる。

隣のビレッジには小さな教会でもあるのだろうか、夜おそくまで讃美歌の伴奏音楽が聞こえてくる。朝は朝で、八時頃、子供がシンバルを叩きながら門の外で何やら歌っている。妻に聞くと、ドーネイション（寄付金）集めにまわっているという。

初め、いくらあげたらいいか分からなかったので十ペソ（約三十円）上げたら、妻は「あげ過ぎだ」という。「ではいくらでよいのか」と聞くと「一ペソ（三円）でよい」とのこと。

成る程この子供達は毎朝やって来て、金を貰う迄、門前でシンバルを叩いている。廻りの家を見ると、この子供達の音楽が聞こえてくると、門をしめ、家の中に入ってしまう。それでも子供達は五・六分、門前で何やらいい、やがて諦めて隣の家に行く。

翌朝、もう来ないかと思っていると、又やってくる。

ある朝、私が門のところへ出て行き、「君達は乞食か。何もしないで金だけ貰うのはいけないよ。若し金がほしいのなら働きなさい。翌朝、六時に（日本時間七時）来なさい……。今、君達は四人だけど二人おいで。そして家の中を掃除しなさい」といった。

後で分かったが、彼らは小学校一年生であり、ちゃんと私の英語が分かり、次の日の朝、六時に三人がやって来た。

「君達一人多いではないか」というと「この子は僕と双子だ」という。これには参って、中に入れ「二人は一階、一人は二階を掃除しなさい」とモップを一つずつ渡した。掃除終了後、三人に一ペソずつ渡したら、「サンキュー」といって帰っていった。

私は毎朝三・四十分散歩するのだが、その子供達に逢うことがある。彼等は私を覚えていて「グッドモーニング」といって、ニタッと笑って去って行く。

妻にいわせると、その金は、彼等自身のドーネイションであり、いずれ駄菓子になるそうである。

さて夜になると今度は爆竹である。

あちらでも、こちらでも、人の家の前でも、おかまいなし、そのうるさいこと。隣に引っ越して来た、増田氏も家にやって来て、「木林さん、これはひどいや。前の家の方はこんなにひどくなかったよ」という。

やはりこの一帯は十六・七歳の若い人が多いからだろう。

私はこの爆竹が大晦日まであるというので、たまらず予定を一週間繰り上げて、早々に帰国することにした。

フィリピンに居て
暇に任せて
色々思った事柄

外から日本を見るとつまり囲碁でも将棋でも傍目八目といって、対局者よりも端で見ている人の方が「ああやれば良いのに。そこへやってはいけない」とか、欠点が良く見える。経済的に不景気の為か、テレビ、新聞で見る意味のない殺人、例えば学生が女性教員を刺す、親が幼い子供を折檻し、死に至らせる、通行人を背後からいきなり刺す等々、日本人がまるっきり変わってしまって、他の人種になってしまったようである。

皆が自分勝手、わがまま、自分のいらいらを他人にぶつける。

一体どうしたのだろう。

ただ不景気のためとばかりいえない。要するに生活するに際して精神の根底になければならないもの、フィリピンではキリスト教、これは欧米でもしかり、毎週人々は教会に行きミサを聞き、行いを悔い・改め、動物的な人間を理性ある人間に戻す宗教、日本にはこの宗教がない。現在の日本の宗教は人が死んだ時だけのものであり、これでは、早晩仏教は日本人の心から消滅してしまうであろう。

学校の先生も道徳は教えない。ただひたすら、勉強・勉強で少しでも良いとされる学校に入学、卒業した暁には、これ又少しでも良い会社に入社するという人生の主目的がこのような、殺伐とした自分だけ良ければよいという風潮が一般的になったのではなかろうか。

では、どうしたらよいのか。

私見を述べさせてもらうと……

第一に　仏典を現代日本語に翻訳する。従来、僧侶があげるお説教は現代人には全く分からない。「ちんぷん　かんぷん」である。

第二には　僧侶は寺にこもらず、檀家を前衛基地として附近の人を集めるか、小さな集会所を方々に作り、そこを前衛基地とするかで、守勢にならず、仏教を広める為、攻勢に出るべきである。私はダバオとセブのマクタン島しかしらないが、フィリピンの田舎には小さな小屋、二十人も入れば一杯になるようなものが沢山ある。立派な「寺」はいらない。

第三には　数年前、ペルー日本大使館が暴徒に占拠されたことがあったが、その時、シユプリアーニ司教は毎日のように大使館に立て籠る暴徒にミサをした如く、僧侶も社会的・政治的行為をしないと、現代人にはアピールしないと思う。

子供達の、あるいは青年達のこんな侘しい人生でよいのだろうか。

親も学校の先生も学校経営者「教育とは何か」と原点に帰って考える必要がある。学校を株式会社にしてはならない。又、予備校は学校の子会社である。

次に日本だけでなく文明国の人達も何か殺伐とした風潮が曼延しているように思われる。アメリカでも銃の乱射事件が時々あるし、狂った人間が目立つ。

私は科学の発展し過ぎに原因があるように思える。昔は九月の立秋には月にお供えをし、手を合わせ自然に対し畏敬の念をもっていたのだが、現今、スペースシャトルで・月はおろか火星・水星にまで探索出来るようになり、宇宙の一部を解明出来たような錯覚に陥っている如き風潮であるが、私は昔読んだ「西遊記」に出てくる孫悟空のことを思い出す。

即ち、彼がきん斗雲の術を修得して天空を自由自在に飛び回り、得意になって悪さをするので仏様に「地の果てまで行ってみよ」といわれ、巨大な五本の柱に「我ここに至れり」と記し、仏様にその旨報告した。仏様は、「それはこれではないか」と自分の五本の指を出すと、孫悟空が書いた字があり、彼は恐れ入り、以後悪さをしなくなったという話である。

人間のやっている宇宙開発もこのようなものではないだろうか。

便利さも、もうこれくらいでよい。

自然に対する畏敬の念、感謝の気持ちをもち、素朴であった人間がなんでも不可能なものはないと過信し、生意気になりこのままだと自ら亡んでしまうかもしれない、開けてはならない「パンドラの箱」を開けてしまったような感がする。次に自由自由と言論・表現が野放図になり、しかもそれを金儲けの手段にしている輩がふえている。即ち雑誌、テレビ、ビデオ等である。

敗戦という犠牲によって得た自由である。良識ある自由を享受しようではないか。

先に述べたように、フィリピン人は愛国者である。

レイテ島の小学生の朝礼に見たように国旗に対して敬礼するし、タクシーの窓にはステッカーになった国旗が貼られている。

我が国は一九九九年夏の国会でやっと「日の丸の旗」を国旗とし「君が代」の歌を国歌とさだめたが、充分論議が行われず、抜け駆けで決定され、何か後味の悪さが残った。

いずれにしても全国民の八十パーセント以上の賛同でなければ真の愛国心から賛成したとはいえないのではなかろうか。

世界第二の軍備費をかけ、最新鋭の武器を持っていても、肝心の軍人に愛国心がなければ、それは無用の長物となる。

やはり今年面白い事件があった。

北朝鮮の武装した艦艇が日本海の我が国領域内に進入して来た。日本軍は、威嚇射撃だけして、領域外にお引き取り頂いた事件である。これでは何の為の自衛隊、何の為の艦艇なのか、北朝鮮はじめ、世界中の人が腹の底から笑ったに違いない。

又これでは自衛隊員だって、サラリーマン化し、命を賭けて国を守る気概もわかないと思う。

よく日本人は政治家、国民も「平和」という言葉を口にする。

しかし「平和」とは何か。果たして「平和」がこの世にあるのか。

人間の歴史は「建設と破壊の繰り返し」であって、平和の時代など地球規模でみたら、一時もないのではないだろうか。

従って、宗教家ならいざしらず、政治家が平和を前提に政治を行ったら、えらいことになると思う。

民族・宗教の違いで血で血を流す人間、もっと「人間とは何ぞや」ということを認識した上で「平和」を考えるべきだろう。

人間そのものも父親の精子二億が母親の胎内で、たった一匹の精子が激しい争いに勝って、受胎するのであって、平和裡にするのではない。

食事をする時も、満ち足りた平和な時は正装して、欧米人は十字をきってそれぞれの作法に従って、動物的な行為を人間的に威儀を正して食べるが、若し食料が不足したら（戦中、戦後我々世代の者は体験した）人間は即ち動物に逆戻り、その極限は人間が人間を食う状況になるのである。

さて、今一つの人間の欲望、つまり性欲であるが、これには作法はない。

一年中、又昼夜を問わず、欲望の赴くまま行為するが、かろうじて理性によってコントロールされるが、しかしそれは完璧なものではない。動物は子孫を残す為に性行為をするが、人間は性行為をすることによって子孫が出来、本末転倒である。

古のキリスト、釈迦達、聖人もこればかりはどうにもならない衝動であったに違いない。高邁な人格をもっていただけに、この相反した性的欲望は、恐らく恥、悩み、理性では解決出来ず、自らの肉体を痛める荒修業によって忘却しようとしたに違いない。

荒修行の一例として、チベット仏教の巡礼者達は、チベット高原に聳える標高六千六百三十六メートルの山（インド人はカイラス曼尼羅の山という）に三千キロメートル離れたところからやって来る。そして来世の仕合せを祈りつつ山の麓の一周五十キロメートルの道を一週間かけて回る。しかもただ歩いて回るのではなく、五体投地と称して自らの体を地面に投げ出し、起き上がっては又体を地面に投げ出し、いうならば、はいずって回るのである。

私はこのような荒修行をしいてる間は、人間の煩悩など湧いて来るはずはなく、ひたすら現世より良い来世のことを思って修業するのだと思うが、一廻りの半分も行かないうちに、頭の中は今の言葉でいう「真白」になって、この修行をしているのではなかろうかと思う。

一方、人間の精神力の強さというものも大したものだと思う。

若し、誰かに「この修行を終えれば金を一億やる」といわれても、とても出来る修業ではない。だがこの修行を実施している人も多数存在しているのである（N・H・K衛星テレビ番組より）。

しかしこの世に生存している限り、この性的欲望は解決出来るものではなく、やがて人間はこれでよいのだ、これがあるからこそ人間なのだという、二律背反的な結論を出す。私はこれが悟りというものだと考える。

最近アメリカの大統領クリントンとモニカ嬢との不倫事件が暴露された。ご本人には申し訳ないが、近年これほど興味津々たる事件はなかった。

アメリカ国内でも暗い、いやな事件、人間性を疑うような銃の乱射事件、コソボ、カンボジヤ、アフガン等々の虐殺、暴行事件の中、クリントンさんがこの難問を如何に解くのか、又この事件で彼を擁護する助っ人も現れ、アメリカの指導者、いや世界の指導者の恥部をいかに解決するのか、暴虐事件より今迄前例のない事件であったのでその意味で面白かった。

頭脳明晰、長身でハンサムな彼も白を切り通すことは出来なかったが、この騒動中、上院議員の一人が「自分もかって愛人がいたが彼の告白は勇気があり、感服した」とか、何代前の大統領は黒人女性と不倫があり、彼女との間の子孫が現存しているとか、思わぬ波紋が生じた。

自由な国、表現の自由をうたうアメリカでは、政敵である共和党が彼の精液のついた女性のガウンを公開するとか何とかで、さすがに国民の良識が共和党のやり過ぎを責め、この事件も落着したが、大統領の権威、良識の失墜は免れなかった。

この事件は我が国でもいえることで、現在のマスメディアは特にテレビや雑誌は表現の自由、報道の自由を盾にとって、行き過ぎ、過剰であると思う。

これが過ぎると人間は「猿」になる。つまり「恥」がなくなるのである。私は良識ある自由が必要だと思う。「他山の石」とすべきだろう。

心なしかこの事件のもち上る以前と以後とでは彼の弁舌、風貌も何となく冴えなく感ずるのは私だけだろうか。

セブへ移転

一月十日、渡辺氏と初めて成田――セブの直行便で（フィリピン航空のストライキ終結の為）セブへ向かった。

マニラのように乗り換えの必要がなく、又国際線乗り入れの数も少ないので飛行場の混雑もなく、ホテルも二流ではあったが宿泊客は我々二人だけ、飛行場で拾ったタクシーの運転手に連れて来てもらったホテルである。

島の南端に位置し、海辺に沿って建てられている。

聞けば経営者は七人の日本人の共同経営とか。

運転手イノックに夕刻ホテルへ来てもらい、前回レイテ島へ行った時は飛行場の附近のホテルに一泊し、翌日港へ行っただけで、セブ島は何も知らないので、ダウン・タウンを見て廻る。

ここにはダバオのショッピング・センターよりもっと大きなものが二つあり、人もかなり入っている。

夕食は「シーフード・シティ」（SEA FOOD CITY）というしゃれた名前のレストランでとった。ここは色々な海鮮、例えば伊勢えび・鮮魚・かに・等を客の好みに味付けして食べさせる珍しいレストランである。

渡辺氏に「あなたは新年の初詣に行きましたか」と尋ねると、「いや、まだです」という。私もまだ行ってないので、初詣をする為イノックに頼んで「チャイニーズ・テンプル」に案内を頼む。ここはダバオと同様一九七四年九月にニルダに連れて来てもらった所である。その時とった写真をみても、道の両側には木が植わっており、道は舗装されていない。しかし寺の佇まいは昔と同様かわっていない。

この寺の上の方、山道を登って行くと、東洋のビバリーヒルズと呼ばれる高級邸宅が建ち並んでいるところである。

道路にそっては、昔と同様であるが、背後の山を切り開いて新しい邸宅も建っている。このように広大な寺があり、邸宅の住民の八十パーセントは中国人系であることを考えると、中国人系のフィリピンにおける根強さ、豊かさを感じる。

鈴木静夫氏著「物語フィリピンの歴史」を読むと、「パリアン（生糸市場）には、レガスピ到着二十六年後の一五九一年、中国人商店二〇〇軒が並んでいた。パリアンの中国人、人口は二〇〇〇人に達し、……マニラ市周辺とフィリピン諸島で、さらに一〇〇〇〇人もいたといわれる」とある。

更に「十六世紀に入ってからか、あるいはそれ以前から、倭寇として知られる日本の海賊がルソン島北部に根拠地を築いていた。

頭目は「タイフサ」といい、勢力約一〇〇〇人、現在のカガヤン州のカガヤン海岸にとりつき、十一隻の武装船を浮かべて活動していたという。スペイン軍は北部ルソンを平定した後も、倭寇に手を焼き、ついて一五八二年ごろ大攻勢をかけて倭寇を敗走させたという報告がある。

国内統一の勢いを駆って、フィリピン侵攻を企てた豊臣秀吉も、スペイン総督府の脅威であった。

秀吉は一五九二年五月二九日、原田孫七郎にダスマリニヤス総督あての書簡を届けさせた。

同書簡は、「二カ月以内に大使を送れ。さもなければ大軍を差し向ける」という内容であった。

総督は、土産と一緒に親書を届けさせた。

手紙には、「日本使節の位が低く、秀吉の書いたものか、使節本人が書いた文章かの区別がつかず日本語の読解も十分ではない。日本にはスペイン人イエズス会士が行っているので、完全な訳文をつけてもらいたい」などと書かれていた。

これは総督の時間かせぎで、スペイン側の資料によると、秀吉の動静は「毎日のように」マニラに入ってきており、十分な情報を得ていた。

しかし、秀吉軍の侵攻に備えて、マニラの防衛を固める一方、マニラ在住の日本人に対する無用な刺激を避ける政策をとった。

秀吉は朝鮮出兵で忙しく、そのうち死亡（一五九八年）したため、スペイン側はことなきを得た。

歴史に「若しも」という言葉は、禁句であるが何とも面白い史実である。即ち、秀吉の寿命がもう少し長ければ、あるいは、徳川家康が鎖国政策をとらなければ、という仮定である。歴史の軌道がかわっていたかもしれない。

私は徳川幕府三百年の鎖国政策は徳川家にとってはお家安泰というすばらしいものであ

ったが、日本にとっては最悪の政策であったと思う。

即ち、日本中を小さな藩に分け、近隣の藩は、お互いに反目させ、更に階級を、士、農、工、商と分類し、身分を限定し、そこから抜け出すことは不可能にちかく、縦割り行政制度を確立し、つまり家老（現在の内閣総理大臣）から始まり与力（現在の巡査に当たる）に至る官僚政治を行い、自由に海外はおろか、他藩にも出られず、従順な国民性を植えつけ、何事も消極的、保守的な人種に固定させられてしまった。

この硬直した官僚政治は、現代まで続き、私にいわせれば〝昔、軍閥、今、官僚〟といい度い。つまり昭和初期満州事変をおこし、支那事変、太平洋戦争と続き、軍閥は無知であったが、天皇崇拝の皇道主義を掲げ、軍閥以外天皇をかさにかけ、口を挟むことが出来ない、雰囲気といおうか、制度を確立したのである。ひらたくいえば、天皇の存在を神格化することによって、自分の利益、あるいは政策の権威付けに利用したのである。

そして、第二次大戦中盤、主として海軍が連敗を重ねたにも拘わらず、例えば、ミッドウェー海戦、台湾沖空中戦、レイテ沖海戦等、いずれも海軍マーチに始まり、大本営発表と、アナウンサーの甲高い声で「昨日、我が海軍は〇〇附近で、敵アメリカ軍艦と交戦し、多大の戦果を収めたが、我が方の損害は軽微なり」と、嘘の報道を流し、国民を騙したが、これを陸軍が鵜のみにし、作戦を立てていた。戦時においてさえ、横の連絡がなく、今にしてみれば国力も劣っていたが、敗けるべくして敗けた戦いであった。

これと同じようなことが、現在官庁で行われている。

国民を取り締まるべき警察でも、何か不祥事があると、内部で揉み消し、嘘の発表をしたり、大蔵省で一時流行ったモクタン、つまり監督下の金融機関からの接待詰めによる、優遇措置等、報道機関によって、暴露されるまで、秘密にし、暗黒官庁の如き感を我々国民に抱かせた。

さて、私と渡辺氏はもう一日セブに滞在し、ダバオに向かった。従来はマニラが中継地であったが、今回からはセブがそれにとってかわった。

ダバオは昨年クリスマス前の騒々しさはなく、また、以前の静寂さを取り戻していた。

ある日妻ローナから妊娠三カ月であると告げられる。それ以降彼女は「女」を放棄して「聖母マリア」になったのには参った。

半月ちかくダバオに滞在したので、渡辺氏とセブ経由で日本に帰国する。だが飛行機の接続上、どうしてもここに一泊しなければならず、時間を無駄にしたくないのでセブの名所を案内してもらう為、運転手イノックに連絡をとり、有名な「聖なる子供」が祀ってある「サント・ニーニョ教会」に案内してもらう。

この教会のいわれは、「マゼラン海峡」の名がつけられている十六世紀の冒険家・マゼランがセブの女王に贈ったといわれるサント・ニーニョ像が祀られている。

このように本家はセブなのだが、ダバオのタクシーのダッシュ・ボードの上にもこの男女の小児の人形がおかれている。

日本でいえば、神社のお守りに相当するのかもしれない。

成る程午前中にも拘わらず、沢山の信者が、教会の本体を一目見ようと長い列をつくり、なかなか進まないので途中で諦め、玄関の左手に折れる。

するとアイス・スケートのリング程の広さで十段程の観覧席と中央には広場があるのだが、観覧席はすでに満員、中央の段上では司祭のお説教がマイクで行われていた。

運転手イノックの話では、一月第三日曜日には大祭があるので、正月は特に込むそうである。

一九九九年二月十四日本年二度目のセブそして十六日にはダバオ、そして二十六日には再びセブ、ここに一周間滞在して帰国した。

私は二十一日間のビザ無し滞在期間を半分半分過ごすことにした。

理由はタクシー運転手がある時、「何か事業をしませんか」というのである。「どんな商売が有望かね」と問うと「タクシー会社か、両替商はどうですか」という。以下二人の会話を書いてみよう。

私「君は資金を持っているの」

彼「金はありません。だけど貴方は居住者でないから、代表者にはなれません。資金は貴方が提供し、私が働きます」

私「私はタクシー会社は人を大勢雇わなくてはならず又管理も大変だから、興味がない」

私「第一君は金がなければ、何か担保はあるのかね」

彼「担保？　貴方のいう担保とは家とか、土地ですか」

私「そうだ」

彼「家は借家だし、何もありません。ただ女房の親戚に若い娘がいます。事務員とか、貴方の世話もしますからどうでしょうか？」

私は一瞬驚いたが、ダバオでは禁欲生活を強いられてるので、これは天から降ってきた幸運だと思い、彼に彼女と会わせてほしいといった。

翌日、イノック、彼の妻、本人、私とアヤラ、ショッピングセンターのレストランで昼食をとり、その後、私と本人二人でコーヒーショップで話をする。

彼女の名前はアデリーナといい年は二十歳、現在はメイドとしてイノックの家に居住しており、実家には兄弟が十四人いて、上四人は既婚、残りは妹三人、弟六人が父母といるが、彼女は口減らしのため、イノックの家で世話になっているという。

私は彼女に「私はダバオに妻がいる。このことはイノックも知っているし、君の両親にもつたえてほしい」といった。

この会話をしている間、彼女の顔は真剣で断らないでほしいという気持ちが伝わってくる。

彼女の表情を見ていて何か哀れさを覚えたが、私と一緒にいた方が、今の生活よりもましなのかもしれないと思った。とにかくイノックにOKといい、早速事務所兼借家を探しに出かけた。

二・三カ所のビレッジを見た後、そんなに大きくないビレッジの一画に、敷地四十坪、建坪十五坪、屋根なし車庫と庭がある借家があった。ここはアデリーナの実家からもそんなに遠くなく、バイシクルで十四・五分の所で彼女も気に入ったので借りることにした。

家賃は月九千ペソで、家主さんは主人が日本人で三歳ぐらいの男の子がいて、借家の四・五軒先に住んでいる。

ダバオの家と同様、家具一式を整え、アデリーナの妹、インカットを一緒に住まわせて、私は帰国した。三月日本は早春であるが、フィリピンは真夏である。

前回三月五日、日本帰国に際し、イノックにとりあえず十万ペソを渡し、金の出入りを綿密に記帳し、為替レートは当然毎日かわるので、それも備考欄に記録しておくよう命じておいた。

三月十九日、二週間ぶりにセブに戻った。やはりいくら担保があるとはいえ、イノックの人間性はまだ未知数で信頼できないので早めに来て、彼の記帳と現金をあわせたのである。

私の危惧していた通り現金一万ペソがたりない。彼に尋ねると、人に貸してあるという。事前に両替商はキャッシュ・オン・デリバリーであって金の貸借は不可といっておいたのに、それを破ったので、彼に「明日中に金を回収して来なければ、君との付き合いはやめる」と宣言した。結果はそれが出来ず、彼との関係は消滅した。

アデリーナは「私はどうしたらいいでしょう」と聞くが、私は「君が私をいやでなかったら、何時までもいっしょにいていいよ」といった。

彼女はダバオのローナと違い私に甘えるしぐさをする。

セックスでよく分かるが、ローナは終われば横をむくが、アデリーナは終わってもいつまでも、私が離れるまでくっついている。

クーラーがついてはいるが、南国で女性にくっついていられては五分もいられない。

まして南国の女は我々より体温が一・二度ぐらい高いのではないかと思う。

だから我々より暑さに強いのではないだろうか。

しかし、反対に寒さには弱いと思う。

私はアデリーナに、「イノックが金を借りに来ても絶対貸してはだめ」といってダバオに向かった。

ダバオのビレッジは住宅地としては最高だ。道巾は広いし、各家々の前は掃除が行き届いていていつも色々な花が咲いてり、毎朝散歩していても気持ちがよい。

セブ・マクタン島の住宅地は道巾が狭く、道路も狭く、おまけにバイシクルが主な交通手段なので、あぶなくて散歩は出来ない。バイシクルで十二・三分行くと、ターミナルと呼ばれる所にタクシーの溜まり場がある。

更にダバオのノバチェラには大きな木が家の裏に沢山あるので、夜スコールがあってクーラーを止め窓を開けておくと、涼しい空気と一緒に葉っぱの匂いがさっと部屋に入ってくる。

自然のクーラーは、人工クーラーより数段まさる。よく見ると、どの家の庇も一メートルは出ているので横なぐりの雨が降っても雨が吹き込むことはない。これはセブもダバオも同じである。

スコールは盥の水をばさっと、ひっくり返したように短くて一時間、長くても二時間降るとあがる。

その後は正に極楽であるが、特に昼間の場合はすぐ又暑くなり、スコールの前と同様の状態になる。でも全く降らないよりははるかにましだ。

ダバオで妻ローナに「実は今度セブで両替商を始めたのだが、君もセブで暮らさないか」と、きりだした。「はい」といわれては困るのだが彼女は多分NOというだろうと予想していた。なぜならフィリピンでは本当に珍しい二人姉弟であり、両親も一人娘を遠くはなれた島に行かせることには抵抗があると思っていたからである。

それからこちらの人々は島がはなれているので他の島は外国という認識のようである。ダバオとセブは飛行機で四十五分、時速八百キロで飛ぶと六百キロははなれていることになる。

私は妻に折衷案として、滞在期間の半分はダバオ、半分はセブで暮らすことを提案した。

こんな話を聞いたことがある。

こちらでは女房もちの男が浮気をして、女房にばれたら違う島に逃げるのだそうだ。そして五年間別居していれば離婚が成立するそうな。

四月中旬アデリーナは妊娠したが、昼夜、下腹が痛いと泣く。特に夜はベットの上をのたうち「アガイ・アガイ（痛い・痛い）」と泣く。一晩中下腹の前と後をさすってやるが痛みは治まらない。翌日近くの病院へ診察を受けに行ったが、うちの病院にはCT・MRIがいないので、セブ本島の中国人の資本により設立された「CHONG・HUA・HOSPITAL」へ行くようにいわれる。ウルトラ・サウンドによる投影をうけ、リポートをもらう。

見ると専門用語なので、さっぱり分らず、家に帰り字引をひくと、要するに彼女は子宮後屈であり胎児が育たないので性交時にはサックを使用のことと書かれている。

彼女はこの痛みを一週間体験した。

母親も心配してやって来て、この家は縁起が悪いと娘にいったらしく、本人もすっかりその気になり、やれ近所の人の話では前の住人がこの家で死んだとか、ここに住んでいたら私も死ぬと以前の彼女とは人がかわったようにわめき、私に転居を訴える。

しかし、この家を契約するに際しての契約書を読むと一年契約であり、途中解約した場合は残りの家賃を支払わなければならないので、困ったことになったと頭をかかえた。家主は四月末から五月初めにかけて日本の連休に家主の亭主、日本人が来るから、この件は彼と話し合いしてくれという。

四月二十八日、家主から旦那が来たので、これから伺うと連絡があった。

旦那は年の頃五十七・八歳。埼玉県の某所で不動産屋を営んでいるようで、年に四・五回フィリピンに来るのだそうである。英語はしゃべれず、奥さんにいわせれば私が日本語を勉強して旦那とのコミニケーションをしているというが、奥さんの日本語も大したことはない。

アデリーナは家主夫婦が席につくやいなや、ビサイヤ語で大声で奥さんにかみつき始めた。

私はこれより更に大きな声で「シャラップ（だまれ）。これからこのご夫婦に契約破棄の話をするところだから、お前はだまっていろ」と機先を制すると二人はきょとんとして、旦那は奥さんから通訳してもらったようである。

以後私は旦那と日本語でやり取りした。

私「あなたの奥さんには既にこの契約を破棄すると伝えてあるが、奥さんは契約通り残りの期間分は支払ってほしいといっています。私もこのことは事前に色々な人に尋ねて調べてありますが、要するに奥さんの発行した受けとりはメモであって、正式の領収書ではありません。若しあなたがどうしても残り分を払えというなら、出る所へ出て争いましょう」

というと、彼は一瞬下を向き、

彼「それはどういうことですか」

私「つまり奥さんは脱税していたということです」

彼「木林さん、同じ日本人同士で争っても仕方ありません。せめて二カ月分でも支払って、私の顔をたてて頂けませんか」

私「あなたの顔はたつかもしれないが、私の顔はどうなりますか」

このようなやりとりを五・六分して、

私「今月は（五月）はまだ大分残っていますが、これから引っ越し先もみつけなければならないし、一カ月まるまるは居ませんが、日割りでなく全部しはらいます」

と、いうことで手を打った。

翌日から、家具屋の番頭ウイリアムに頼んで、数カ所のビレッジを見て廻った。交通の便の悪い所はこりたので、主として便利な場所を探したが、恰好の場所にタウンハウスがあった。

家賃というものはよく出来たもので、ダバオの家の丁度半分の広さ、つまりダバオの家は二階建て、ここは二階建ての二階部分を借りることにした。家賃は月七千ペソとダバオの半分である。

敷地約五千坪の広さに一戸建て、数戸と三階建てアパート数戸、道路に面しては「サリサリ」と称するフィリピン独特の雑貨屋・飲料・菓子、ようするに「何でも屋」である商店もあり、建物と建物の間は、空き地がたっぷりある。

一番奥に大家さんの自宅があって、奥さんがいつも白衣を着ているので、ある時「あなたは医者ですか」と尋ねたら「○○病院の看護婦長です」という。しかしたまに、先の「サリサリ」では帳面を見ており、しっかり者のおばさんがいつも忙しそうに働いているので、私はてっきりその彼女が主人かと思っていたら、そうではなくその婦長さんが、その店のオーナーでもあったのである。大金持ちでも、そのような素振りはせず、大した女性である。

ダバオでも小さな食堂、サリサリ、薬局（フィリピンでは薬局が大繁盛）等で中年のおばさんが働いているが、こちらの女性は働き者が多い。

南国では女性の方がしっかりしているようだ。若い頃、求人旅行で沖縄へは度々出掛けたが、男より女の方が働いている姿をよく見かけた。台湾もベトナムも然りである。

引っ越しも終わり一段落すると、我々の建物・正面三階建ての一番上は、バプチスト教会になっており、毎日のように音楽の練習をやっており、時には男女混声の合唱を行っていて、ドラムはたたくしその五月縄《うるさ》いこと。暑いので窓を開けっぱなしにしておく為、音がまともに聞こえるので、早速家主に苦情を申し入れた。

どうもフィリピン人は音には寛大である。道路を走るオートバイ・トラック・バイシクル等のマフラーは外してあるのではないだろうか。大きな音をたて、平気で走っている。隣の部屋からは朝っぱらからボリューム一杯の音楽をかけるし、便利は便利だが、道路添いなのでいろいろな車が通り、その騒音には参る。

この頃は日本では特に用事はないし、二十一日以上滞在すべく移民局へ行って、ビザの延長を願い二カ月程滞在するようになった。
家にはアデリーナの友達が遊びに来たり、我々が彼女の自宅を尋ねたり、又バイシクル五・六台を連ね、近所にいる親戚の人、弟、友人達でマリゴンドンの海岸へ海水浴をしに行く。

日本でいうオニギリににた食べ物がある。米の飯をココナッツの木の皮で巻き、魚・ポーク等を料理して持って行き、海岸沿いにある小屋で食べるのだが、皆の食べることの早いのには驚いた。あっという間に大半は皆の胃袋に収まる。

海は遠浅で海の色の淡いところは浅瀬、濃いところは深くなっており、ゴムの浮き輪を三つ程借り、こちらセブの女性も海水着等ないようで、シャツのままパンツのまま海に入り、シャツにはくっきりと乳房が見えるが皆平気な顔をしてゴム輪をひっくり返しあって歓声をあげている。

さて大体、ダバオで約一年、セブで約半年暮し、両者を比べてみると、ダバオの田舎の方が豊かなような気がする。

決して楽な生活ではないが、前者にはバナナ農場があり、そこで働けば一人五千ペソから七千ペソは稼げ、女性と十六歳ぐらいは四千ペソから五千ペソは稼げ、なんとかやってゆけるようだ。

それに反し、後者は働こうにも職がなく、アデリーナの両親も、近所の親戚がやっている「サリサリ」を手伝ったり、彼女のお婆ちゃんは、病院へも行けない人の為にマッサージをしてあげて日銭を貰って生活の足しにしているようだ。

一度アデリーナの家を尋ねてみた。

道路から十メートル奥に入ったところには同じような家が並んでおり、近所の人々と血のつながりの深い女性はアンティ、男性はアンケル等と呼び、私に紹介してくれた。皆私の顔を見ると笑顔で迎えてくれる。

見ると、アデリーナの家が一番貧しいようで、トイレもなく、急がない時は近所のトイレを借り、急ぐ時は、ごろごろしている弟、妹達に輪になってもらい、どこかの家の端で用をたすそうだ。

弟、妹達は、私の手を自分の頭の上におく。これは「ブレス・ユー」〝BLESS YOU〟という意味であって、「神の祝福」をといって親愛の情を表わすのだそうである。

恐らくこの一帯に住んでいる人達はフィリピンでもホームレスを除いて、最下層に属する人々であると思う。

しかし皆貧乏に打ちひしがれた様子はなく、年寄りも子供も皆明るい。

ある晩、スコールが一しきり降った後、アデリーナがしくしく泣き出した。「どうしたの」と聞いてもだまっている。「どこか具合いが悪いの」としつこく聞くと、「今頃、両親、弟、妹が家の中を雨もりを避けて移動している。それに比べ私はこんないい所で寝ていられる。それを思うと皆がかわいそうで、寝ていられません」という。そして一段と泣き声をあげて「どうか皆を助けてあげてほしい」と懇願する。

これを聞いて本当に哀れを感じ又彼女の親思い、弟、妹思いには感心させられた。

彼女の泣きぬれた顔を見てこれはどうにかしてあげようと思った。

「大体屋根を葺き替えるのにいくらかかるの」

「分かりません」

「以前君の父さんは大工さんだったのだろう。お父さんに聞いて、私に知らせなさい。ただ一度にはお金は出せないよ。毎月三千ペソ（約日本円で一万円ぐらい）を君の通帳に振り込んであげるから、君も無駄使いしないで協力しなさい。一年後ぐらいにはなんとかなるのじゃない」

彼女はこれを聞いてこっくりして、すやすやと眠りはじめた。

私はなんとなく、アデリーナが愛らしく、ダバオよりセブにいる時間の方が多くなった。

五月下旬、日本からセブに到着した。

かねがね五月の来比の予定をローナ、増田さんには知らせておいたので、ある夜遅く「木林さん、大変だよ。ローナが家の中の物すっかり運び出してしまったよ」。これを聞いて私はすぐこれは、増田さんと彼の妻マリアンの仕組んだ芝居だと直感した。

本来なら妻ローナから直接連絡があるべきだし、かねがねマリアンは自分の親戚であるローナが自分より若いのに妊娠したことをすごく羨ましがり、生まれたら私に赤ちゃんを頂戴といっていたからであり、増田さんは増田さんで「木林さん困ったよ。マリアンが私を責めて弱ったよ」といっていたからである。したがって彼は奥さんには着るもの、身につけるもの等、ローナより格段上等なものを買い与えていた。

翌日私はダバオに飛んでゆき、家の近くにあるホテルに宿泊した。

直ちに増田さん宅に電話をし、「これからそちらへお邪魔します」というと「今マリアンがすごく怒っているからこないでほしい」という。しかしローナの件に関しては彼、増田さんに色々お世話になったことは事実だし、私はこんな状態で、あなたと別れたくないというと、それでは私がホテルにいきますという。私はあと二日はこちらにいる予定ですからローナの実家に連絡してここに来るように伝えてほしいといった。

私は増田さんに、ローナが結婚した当時、金を私にだまって使ってしまったこと、又今回も私はセブ行きに関しては彼女に話をしてあり、彼女がノーといったことを説明し、セブの家の電話番号も彼女には知らせてあり、とにかく今回の事件は腹にすえかねると話した。

第一、二日たっても本人はもとより両親も顔を見せないので、残された私の衣類と身の回り品を持ってセブに帰った。

私はローナの感の鋭さ、嫉妬の強さには恐れ入った。

九月下旬、ローナから赤ん坊の写真二枚が入った手紙が日本に来た。五月の事件は大変申し訳なかったと記されており、子供は七月十七日に出産し、ご覧のようにあなたにそっくりの顔をしているので是非ダバオに会いに来て下さいと書かれていた。

私は折り返し十月に我々の将来のことも含めて話し合う為、ダバオに行くと返事をだした。

十月四日インシュラー・ホテルにはローナ、赤ん坊、母親、マリアンが待っており、母親は黙って私に頭を下げ、目は潤んでいる。ああ彼女も娘が悪いことをしたと思っているんだと感じた。ローナはすっかり痩せ、産後の為もあるのだろうが、以前の面影はない。

赤ん坊はそれにくらべると丸々と肥え、まだ二カ月半だと言うのに六カ月ぐらいの大きさがある。私が抱いてもずっしりと重く、泣き声一つたてない。

マリアンは何がうれしいのか、にこにこしており五カ月前は私のことを怒っていると増田さんがいっていたのがまるで嘘のようである。

昼飯後皆さんには増田さんの家で待機してもらい、ローナと今後のことを別室で話し合う。

第一にはこちらフィリピンでは五年別居していないと、法的には離婚出来ないそうでこれに従う。

第二には子供、ケネス・ロイは私の戸籍に入れるべく、明日、日本領事館へ出向き手続きをする。本人が十八歳になればどちらかの国籍を選択する。

第三に、養育費は毎月三千ペソ（約一万円）十八歳になるまで私が支払う。その為同じく明日銀行へ出向き、日本から若しくはセブから送金出来るようローナ名義の円建て口座を開設する。

但し、私がその間死亡すれば、それは消滅する。

このような取り決めをして道順が最初に銀行へ行くことがよいので、先ず銀行へ行く。あいにく顔見知りの支店長はいなかったが、支店長室に入れてもらい、新規口座開設をすべく女子従業員に中に入ってもらう為、室内に呼ぶとローナは「金額をもう少し上げてほしい」という。

私は「この金額は君のお父さんの月給の約半分の金だろう。これで足りないのなら君が働きなさい。亭主と別居したら自分のことは自分でしなければ駄目じゃない。大体家具を持ち出した時、こうなることは覚悟したのだろう」といった。

彼女はただ三千ペソでは少ないの繰り返しであり、私も前のセリフの繰り返しで堂々巡りで進展しない。

私はローナに「これ以上話し合っても結論が出ないから、明日セブへ帰る。昨日話し合った件は皆お流れ、次回は何時来れるか分からないよ」というと、さすがに「それでは三千ペソで結構です」という。

その後は日本領事館へ行き戸籍編入の書類をもらい、これは今晩ホテルへ帰って翻訳し、明日君に渡すといって、そのあとは大忙しでショッピング・センターへ行き、子供の衣類、ドライミルク、乳母車等を買い与え増田氏宅へもどった。

増田氏は「子供は私のところに貰うかもしれないよ」という。私は「それはローナと話し合ってください。彼女がいいといえば結構です。私は父親としては彼に何もして上げれないから」と返事する。すると増田氏は「ローナ、木林さんに金を沢山もらうように話したの」と聞く。

ローナもマリアンも日本語は話せないし、当然聞きとりも出来ないので、これは私に対するいやみととり、何をいっているのだこのおやじ、と彼を見つめる。

さて、渡辺氏は六月ぐらいまでは日本フィリピン往復も一緒、こちらで滞在中もお互いになにをしているか分かっていた。

セブ、マクタンにある日本でかつて青函連絡船として使用されていた十和田丸をホテルに改造し、比較的安値に利用できて又飛行場も近く、荷物さえなければ徒歩三十分ぐらいでこれるホテルを常宿にし、ここでボーイさんに紹介してもらったジョイという女性と一緒になり二・三回家へも遊びに来た。

彼女は、五・六年前日本人と結婚し千葉県某所で世帯を持ち、幸せに生活し一児をもうけたが、折からの不況で主人のしていた建設業が倒産し、失意でフィリピンに帰国、こちらで二人目の子を出産、したがって上の子は日本国籍を持ち、二人目はフィリピン国籍の子を持つと言う女性であった。

みるところなかなか頭の回転が速く、やり手そうな女性に見えたが、二カ月後、不幸な事件が重なり、即ち最初はジョイが原因不明の高熱を出し入院し、彼女が退院すると妹が癌の為入院、手術しなければならず、手のかかる幼児二人をかかえ、子供の面倒をみたり、出費もかさみ、これに嫌気がさしたのだろう、渡辺氏は私にもだまって突然帰国してしまった。

残されたジョイが私のところにやって来て、「渡辺さんと連絡が取れない。日本の自宅に電話をしても通じません」と泣きながら駆け込んで来た。成る程、私が彼の家に電話をしても「利用者の都合により、おつなぎすることは出来ません」とつめたい返事。

私は彼のことを知っていて、ジョイに嘘をいっているようにとられているのではないかと、渡辺氏を恨んだ。

彼女は主人がいなければ今住んでいる家賃の高いところには居られないので、すぐにでも出たいが、さしずめ金が全くないので、動きがとれず、私にクーラー、洗濯機を買ってくれないかと頼まれる。

渡辺氏の男らしくない行動に腹がたったが、ジョイの急場をしのいでやらなければならず、金を用立ててあげた。

それからは彼も私に気まずいとみえ、ダバオに引き返し、最初にマニラからダバオへ来る時に知り合ったローズとよりを戻した。

このようなことがあって、彼とは自然に付き合いが遠のいた。

以上で私がフィリピンにきて知りあった人達のこと書いてみたが、たった二年程の滞在でこちらの人達の人間模様など分かるわけがないが、なんとなくアジアの中でも特異な国だと思う。

顔つきも西欧人のように目が引っ込み、言葉は英語をしゃべるし、中国文化の影響はほとんどなく考え方・習慣もアジアのものではない。

それが何であるかは、もっと勉強し、もっとフィリピンの人達と付き合い、彼らを好きにならなければならないと思う。

ダバオ日本人会会報
どりあん

私の手元に一九九九年第十号〝ダバオ日本人会会報　どりあん〟という小誌がある。なかなか皆さんの健筆に感心したので読者の皆さんに紹介したい。

「下天の下で」

〝人間五十年、下天のうちをくらぶれば夢、まぼろしの如くなり〟

ご承知のようにこれは有名な幸若舞い、淳盛の発端です。

この意味は、我々の人生五十年等というものは、下天（印度仏教哲学上、我々が棲息する下界の上に存在する六欲天のうち、最下層の四王天のことをいうのだそうですが）においては、たった一昼夜にすぎない、ということだそうです。下天ではたったの一昼夜かも知れませんが、小生には長い長い年月であったような感がいたします。

そして既に人生の半分以上をこの南洋の片田舎で生活し、日本では想像もつかないような色々な経験もして参りました。

この経験から会得したここ比国社会に融合して行く為に必要な条件みたいなものを若干

説教じみて申し訳ありませんが列記させていただきます。

一　比国を嫌いにならないこと。

確かに日本人の感覚からすると、なかなか理解し難い問題も多々ありますが、それ以上にこの国には日本では既に失われている人間味溢れる国民性が残されております。この人間性を理解してあげて下さい。そうすれば彼らも自然に心を開いてあなた方に接近してまいります。

ただ過去に思い出すにも嫌な経験をしてどうにもこの国を好きになれないという方もあるかも知れません。でもそのこと決して口に出したり、態度に表わしてはなりません。彼らにとっても、例えば日本にいる外国人が「俺は、この日本という国が大嫌いだ」等とぬかしたら我々としても、その外国人を叩きだしたくなると同じです。

二　時間管理を余り厳しく強制しないこと。

我々農耕民族の日本人は子供の頃から厳しく時間管理をすることを教え込まれて参りました。一年に一回しか稲作の出来ない国民にとっては時間管理の不手際は、即ち飢餓餓死を意味し、生きていく為には時間管理に対する厳格さが、必要不可欠であった訳です。

ところがこの南国の自然の恩恵を十二分に満喫している狩猟民族にとっては時間管理をする必要等一切なく、自由、奔放に生きて行くことが出来ました。

でも最近、新しい世代の間ではこの時間管理に対する考え方が大分変わってきております。

何百年の長い歴史の中で培われてきた習慣です。少し長い目で見てあげて下さい。

三　女性を出来るだけ尊重すること。

多くの東南アジアの国の中で、この比国のみが、いわゆる欧米文明を基調に発展した国であることは、皆さんご承知の通りです。

そして欧米諸国では女性が何故か非常に大切にされます。それに倣った訳ではありませんが、小生も恐妻家の一人で、老妻をたいへん大切にいたしております。

四　出来るだけ銭の貸し借りは避けること。

これは双方の事情が絡み、大変難しい問題ですが、貸し借りを行った時点で最悪の場合には将来その相手の友人を失うことになるやも知れぬということを覚悟して下さい。

五　浮気は出来るだけ隠れて、そしてばれないようにすること。

男ですから灰になるまで、出来る事なら頑張ってみたいと考えるのはごく自然のことです。

但し、浮気の相手と昼日中、街中を腕を組んで一緒に歩いてみたり、或いは情事の様子を他人に話したりするのは、これは全く頂けません。

浮気などというのは決して他人に自慢など出来る代物ではありません。

〝浮気は男の甲斐性〟等という諺があるようですが、間違っても比国人の奥様方にはこの諺だけはいわぬようお奨めいたします。

いったその時点から命を付け狙われます。

要は異国の地で〝一昼夜〟の残りを快適に過ごしたいとお考えになられておられる会員の皆様方へのささやかなご忠告として老婆心ながら一筆認めさせて頂きました。

三宅　光

悲惨の地 〝タモガン〟

ミンダナオ最後の激戦地（悲劇の土地）、一度はこの目で確かめて見たいと思いながら、なかなかそのチャンスが巡ってこなかった。

日系三世でその時代の歴史に詳しいという御仁と一緒に現地に行ったが何の感動も沸かなかった。

「ここがタモガンですよ」といわれて「ああ、そうですか」で終わった。

冷房付きのタクシーでは、その苦労が分からないだろうと、ダバオから歩いてみようと考えた。

しかし、余りにも遠過ぎる。

そこでカリナンから歩くことを考えた。

運動靴に水筒、クラッカー、オンボロカメラを肩にテクテクと歩く。

一人で優雅な旅と考えたが、実際は暑くて大変な旅だった。

今は立派な道路がありかってのような獣路ではない。しかしそれでも照りつける太陽は熱い。

一人でテクテク歩きながら考える。

「お前、頭おかしいのじゃないか？」「いや、一九四二年のバターンの行進を考えて見たまえ」と……又考え直す。

灼熱の道を鞭に打たれながらバターンの先端マリベレスより捕虜収容所オンドネルまで百三十キロメートル以上の道路をギラギラ光る太陽の元、飲み水もなく、十分な食べ物もなく、汗と泥にまみれながら歩き続けさせられた、米極東軍（九万名の米軍と二十七万名のフィリピン兵）・飢え・渇き・過労等で死亡した数、米国人千五百名、フィリピン人二万九千名、これが世にいう「バターン死の行進」である。

そしてタモガンに着いた。静かな山である。昨年まで埼玉でジャパユキさんをしていたという、ドブに金魚のような美嬢に会ったのが唯一の収穫であった。

三度目の正直である。今度は生き証人、元日系人会会長の萩尾氏に同行を依頼する。

彼はトツトツと五十数年の昔を語ってくれた。

「マーティもタロモもアバカ（麻山）の林でした。行けども行けども緑の平野でした。

アバカの林の中を子供達、皆で走り回って遊んだものです。

アバカのない所は鬱蒼たる森林でした」

彼は遠い昔を瞼に浮かべるようにゆっくり、ゆっくりと語る。

「私は、ここダバオの国で生まれました。ここで育ちました。小学校もここで卒業しました。子供時代の想い出は皆ダバオです。ここはタロモです。……ここはミンダナオです。日本人小学校がありました。私はここの小学校を卒業しました。とても楽しかったです。ここらあたりは海軍基地でした」

車が走るにつれ、所もかわり彼の話題もかわる。

「私が物心がついた頃、父はよく彼の日本人妻の自慢話をしました。父の最初の妻は日本人でした。

その頃日本人妻を持っている人は少なかったそうです。友達が沢山来たそうです。

日本料理が食べられるのと、日本語で話せるのが楽しみだったそうです。

その妻は子供が生まれて暫くして子供の命と引き換えに死んだそうです。そして、その子供も又三カ月目に亡くなったそうです。

その後父は現地人、ホセバ・セネンテと結婚しました。私はその長男です。八人の兄弟がありました。

子供心に覚えています。父は朝四時過ぎに起きて、十五分程で食事を済ませて麻山に出掛けました。鰯の缶詰、塩魚を食べたのを覚えています」

話は時に脱線するが、それが又楽しい。車はタモガンに向かって走る……。途中、「この辺からアポ山（著者注、標高三千百四十四メートルでフィリピンの最高峰）がよく見えました。大変綺麗でした。今は建物が一杯立ち並んで何も見えませんがね」

「タガバン川もワガン川も昔は水が多かったもんです。今走っているこの道の左約一キロくらいのところに獣道があり、そこを死にもの狂いで逃げたものです。鬱蒼たるジャングルでした」

日本軍命令「タモガンに避難せよ」

何の疑いもなく命ぜられるままに、僅かな食料と着替えを肩にして日本人家族は険しい山路をタモガンへ、タモガンへと歩きました。子供の手をひき、薄暗い樹林・蔓草の生い茂る山路を歩き続けました。歩けば歩くほど、ジャングルの樹海は険しくなりました。

その間、米軍は観測機を飛ばして、正確な弾着を指示し、確実に焦点を合わせて攻撃して来ました。

僅かばかりの携帯食料は、既に食べ尽くしてしまっていました。

木の芽、青葉、雑草、生のアバカの芯、何でも良かったのです。

もぐら、ねずみ、へび、蛙、もう居ませんでした。オタマジャクシをバナナの葉に包んで蒸し焼きにして食べました。それでもタモガンの行進は続きました。

もうその頃は何の為にタモガンに行くのか、それがどこに在るのか誰にも判りませんでした。前の人が歩いているからその人に付いて行くのがやっとでした。

アメリカの爆撃、マラリア、アメーバ赤痢、そして栄養失調、幼い子供、肉体的に耐えることの出きない女性達はバタバタと倒れて死んで行きました。ここにもあそこにも死骸がゴロゴロしていました。その死骸を見ても何の感情も、考えもありませんでした。

子供達は、靴も破れ、足から血を出しながら、ある者は親に手を引かれ、ある者は無意識のまま親の後ろについて歩き続けました。

タモガンへ、タモガンへと……

そこに行けば何か安らぎの場所があるだろうと。

タモガン川を渡らなければ、タモガンには着けません。その頃はよく雨が降りました。タモガン川の流れは速く、水嵩も多かったのです。ロープに掴まって向こう岸に渡るのですが、水の速さに抵抗しきれず、一人、二人と流されて行くのを、じっと見ているだけでどうする事も出来ませんでした。栄養失調と長い疲労のせいだったのでしょう。

そして目的地タモガンに着きました。そこに待っていたものは地獄でした。折り重なって倒れている死体、はらわたまで食い入っている蛆虫。

「私と子供を殺してくれ」。夫の膝に抱きつき、せがむ妻。その妻子を殺し天を仰いで涙する夫、殺せないで妻と共に泣き崩れる夫。彼らに何の罪があるのか……そして、戦争は終わりました。

暫くの間、萩尾氏にも私にも言葉はありませんでした。

「あの正面に見える山は海軍本部のあった所です」

と深い深い溜息と共に萩尾氏は語り終わった。

私は今その悲劇の丘の上に立っています。今は車の通る立派な道ができています。川には立派な橋が架かっています。大森林は、某国某会社によって一本の木もなく伐採され輸出されたそうです。今は平坦な盆地となり、椰子の木、トウモロコシのプランテーションに成っています。昔の面影は何処にもありません。

沖縄戦争の悲惨さを知っている人は多い。しかしここダバオの悲惨な負け戦を知っている人は少ない。いや日本の誰も知らないのかも知れない。

この地に移住して四十年、鬱蒼たるジャングルを切り開き四万五千ヘクタールのアバカ（麻山）の林を作り豊かな平和を送っていた彼らに、何故このような地獄の試練を味わさせなければならなかったのか。

空腹の中、幼子の手を引きながら、茨草とトゲ草の垂直に近い山路を何故歩かねばならなかったのか、薄暗いジャングルでは、大きな山蛭がポタポタと落ちて身体のいたる所に吸い付いたという。子供は泣き叫んだという。「お母さん足が痛いよう。もう歩けないよう。お腹が空いたよう」乳のみ子を抱いた母親は、幼児が乳首にしがみついたまま声もなく死んで行くのをどうすることも出来なかったという。

一九四二年から南方日本軍の為にアバカの林を犠牲にして食料生産に励んだ。さつま芋、かぼちゃ、ごぼう、その他の野菜、これらを一日に十五台のトラック等に集荷してニューギニア、ラバウル等に送られた。

戦艦がダバオに入港した時には日本軍の為と、二時間でトラック六十台分の生野菜を積み込んだ。

千ヘクタールのトウモロコシを栽培し、月産百五十頭の豚、日産千羽の鶏、五千個の卵、月産二トンの味噌、醤油、そして樽、容器等、軍の必要とする全ての物がこのダバオから南方基地に送られた。そしてダバオは食料を補給する不沈母艦といわれた。

持てるものを全て犠牲にして、日本国勝利の為に捧げた在ダバオ住民達が手にした物は何だったのか。

この尊い犠牲と、全ての財産を捨てて日本国の為に尽くしたこの人達の事を、もっと、もっと日本の人達に知ってもらいたいものである。

戦争というのはいずれが勝っても、いずれが負けても、壊し合いと殺し合いの悲惨な物語である。

我々は今、戦争のない、平和な国に住んでいます。これからも戦争のない平和な国であることを祈ります。

戦争中の犠牲者（ダバオ在留邦人、約二万人）

米軍捕虜収容所（死者三千七百人）

戦争による　（死者五千人）

この文章を作成するにあたり「戦渦に消えたダバオ開拓移民」を参考にさせていただきました。

北川　信正

「言いたい放題」

最近「安楽死」とか「尊厳死」とか、訳の分からない言葉が出てきた。

よく聞いてみると「安楽死」とは病気になったらそのままに死なすもので、「尊厳死」とは死ぬ奴を無理矢理、生かして医者が十分儲けてから死なすやつをいうのだそうだ。

命の尊さを考えれば生きてもらわねば困ると、高い薬をどんどん使いまくって死なすというのだそうだ。

その為大きく保険料は増える。

そしてそのお陰で医者はすごく儲かる。

一九九五年度だけでもこの陰で健康保険料が二千三百三十九億円の赤字が出た。

これからはもっと増えるだろうといわれている。それでこれからは長生きしたい人は自前で生きて下さいということにしたらどうだろうという意見がある。

近頃の政府の出す数字を見ていると、本当に二千三百三十九億円かかったのかどうか疑わしい。そうなると自前の金のない人は適当なところで死なねばならぬ。

老人で長生きしたい人は何時までも健康であるか、大金持ちであるかいずれかでなければならぬ。ところが困ったことがもう一つある。それは医者である。なんでも日本全国に二十三万二千人の医者が居るそうだから、二千三百三十九億円がパーになるのだから、彼らはまた新しい方法を考えるだろう。

昨年十一月「大手二十行は決して潰すようなことはありません」政府の偉い人が発言し

た。

それからすぐに北海道拓殖銀行が潰れた。

そして今度は胸を張って「拓銀は経営破綻したが、債務超過ではない」踏ん反り返ってみせた。

そしてその後、調査で八千四百億円の債務超過が分った。

これが貴方の国のうんと偉い人がやっていることである。

そしてその債務超過はその後どうなったのでしょう。

金融機関の支援対策として十兆円を三十兆円膨らませる話、こんな話はスーイ、スーイと通る。

これは一九九七年末にあっという間に話がまとまった。

二兆円とか五兆円とか、減税とか消費税とか国会で大騒ぎである。

ところがこの十兆円とか三十兆円はどこに金があるのか、あっという間に出てくる。

これについては今迄に一度も十兆円の説明もなされていない。

政界、財界、官界、皆で使ったお金、銀行さんにお返ししましょう。

「どうして返すの」

「はい、税金で」しかし銀行団はこれで黙っていません。

「私ら、公にしている分だけでも七十六兆円あるのですよ。本当はもっとあるのですよ。私どもは金貸しですぞ、甘く見ないで頂戴」

そしていずれこの付けも税金で払わされるでしょう。

この金で楽しく面白い生活をしたのは偉い人たちです。貴方も偉くなりましょう。

建設省もこの間、道路公団の問題がありました。身近な所で、貴方に関係のある厚生省の話。

厚生省のなかに年金福祉事業団（これは九十九年の国会で廃止になる予定です）というのがある。ここは公的年金（厚生年金と国民年金）の積立金百二十六兆円のうち二十四兆円の自主運用を任されている。任かされているといっても、そのまま信託銀行に丸投げしているに過ぎない。その結果二兆四千億円の赤字を出した。この赤字、どこでどうなっているのか一般国民に知らされていない。

その他百二十六兆円のうち百兆円は大蔵省径由で財投資金として特殊法人に貸し付けら

れている。これら全て役人の天下りポストである。あるのですよ。

本当びっくりするような給与を受け、目が飛び出るような退職金をもらつて勇退していく。ちなみに二兆四千憶円とはどのくらいのお金なのか。年間二百万円の年金収入者何万人分になるのでしょうか。

この金がいとも簡単にドブに捨てられているのである。

これは誰の責任なのか。この金の回収はどうするのか・・・そんなこと君に関係ない、国家がやっていることだ。

ここで文句をいったら大変である。余り根掘り葉掘りすると「お前もやっているのではないか。」「俺は元事務次官だぞ、誰にものをいっているのだ」で終わり。ここは歴代厚生省事務次官の天下りポストである。

そこで一言文句があるか世のチンピラども、文句があったらお前も偉くなれ、役人とか政治家とか。ろくな頭もないくせに偉い人のやっていることにケチを付けるのではない。

俺達は国の為に役人に成ったと思っているのか。幼年時代も、少年時代も、青年時代も全てを犠牲にして一流大学に入学したのだ。そして官僚になったのだ。

官僚の次は政界、その為には選挙の洗礼を受けなくてはならず、雨の日も、風の日も、照りつける太陽の日も、選挙カーに乗って、ガナリたて、頭をペコペコ下げ、笑顔を作って選ばれた代議士なのだ。

お前達にこの苦労が分るか。国の為にこんな苦労が出来るか。

お前達も偉い人に成られる学校に行け。選挙カーに乗って代議士に当選しろ。

はい、分りました。もうこれ以上、小言は申しません。

小言　三平

平成の今、昭和という時代も又歴史なのかも知れぬ。一つの元号としては日本歴史の中で最も長いものであろう。昭和六十年代昭和という年号で生まれた人が全人口の八十パーセントといわれたのも、又一つの歴史であろう。

一つの年号の中でそんなに多くの人口を持ったことは日本の歴史にないであろう。

昭和一桁生まれの人達は、貧しい苦しい時代を経験して来たであろうし、敗戦までに生まれた人は自分達が、ひもじい思いをしたことを記憶されていることだろう。これも又歴史である。

昭和生まれの人達は貧しい時代と豊かな時代の両面に生きて来た人達であろう。

私共は戦前の日本の貧しかった時代をもう一度考えなおして見る必要があるのではなかろうか。

本当の人間らしい生活をすることが出来るようになったのは昭和三十年以降に生まれた人達であろう。

古くは一握りの資産階級が鹿鳴館で踊り狂った時代もあったが、それは一般市民、労働者には関係のないことである。

一般市民は絶えず貧しかった。

第一次世界大戦中、線香花火のように好況時代を迎えるが、それも束の間すぐ又不況の時代がやって来た。

更に関東大震災、そして金融恐慌、不況経済の嵐は日本中を襲った。

それは都会もなく農村もなく全てを不況という波に呑み込んだ。

××××

これは岩手県のある農村の話である。

細々と囲炉裏に薪をくべながら老婆は語った。

「身をすりへらして子供を育てる。子供が小さい時は子は親を食べその子が大きくなったら、その子を親が食べる。田んぼで育つ田螺の子は親を食べて育つが、親は決してその子を食べない。人間は田んぼの田螺より哀れです。悲しいことです。それでも娘は白いオマンマが食べられると喜んでいきました」

「娘は身も心もボロボロにして私等貧しい親の所へ、自分の体で稼いだ僅かばかりの金を仕送りしてくれるのです」

老婆は汚れた莚《むしろ》の上に一雫の涙をポトリと落とした。

「昨日十七歳の娘を青森のごけ屋（私娼の家）に置いて来たのです。それでもわしら、まだ良いほうです。娘のお陰でオマンマがたべられます。籾殻を取った砕け米ですが、ありがたいことです。そのうちに籾殻のついたままを、南瓜やじゃが芋に混ぜて食べることになるでしょう」

「お子さんは一人ですか」「どこにお勤めですか」と聞くのは余りにも残酷に思われるの

で黙っていた。

「いや、もう一人います。その娘は今東京にいます。五年の年期奉公先に売りました。親の口からいうのも何ですが、気立ての良い素直な子でした」

中略

それから一週間ほどしてから、私はその老婆の娘を青森の娼婦館に尋ねていった。

娼窟は思ったより大きくガランとして薄暗い家だった。

四人ばかり座っている女に彼女の本名をいって彼女の部屋に案内して貰った。彼女は初め、私をすごく警戒していたが、母親に会った話をすると、懐かしそうに色々なことを話してくれた。

「いつから店に出ているの」「三日前から」少し酷だと思ったが、「御客さん取るの楽しい」彼女はただ黙って下を向いて何もいわなかった。

色々と話しているうちに彼女の母親も話さなかったことを話し出した。

彼女の父親は、村と青森市を往復して相当手広い商いをしていた。雑貨の卸商であったが、年々の不景気で、にっちもさっちも動きがつかなくなっている所、今年の凶作と、続いて銀行の支払停止とに出会った。（当時、青森県下の銀行のほとんどは、支払停止である）それ故、金の融通が全くきかなくなり同時に、商売はばったり行き詰ってしまった。

父親は半分絶望状態に成った。そして各方面の不義理はそのままにして、単身青森市へ飛び出してきてしまった。父親は埠頭の仲仕となった。しかしさなぎだに頼み手のない所へ、見ず知らずの父親が入り込んでも、まるで仕事にありつけなかった。父親は毎日雪風に吹かれながら、埠頭の倉庫の陰で弁当を食うだけのことしかなかった。

そうしてやがて弁当も持って行けない日が来た。ある日である、父親は空腹の余り、仲間の弁当を盗んで食った。それがすぐに発見され、父親は仲間の者から袋叩きにされた。

そして足腰も立たぬまでに負傷した。

父親は木賃宿の一室に、一人棄てられてるように寝ていた。

「それから四日目か五日目に、お父つぁんは死んだの、怪我の為に死んだのか、干乾しで死んでしまったのか、それは誰も知らない」

……しばらく言葉はなかった……。

そして娘はまた話し始めた。「寒い朝でした。オッカァが、米びつの底を覗きながら

「お前、白いオマンマ食べたいだろう。白いオマンマの食べられる所さ行けや」そしてオッカァは後僅かしか残っていない米を両の手にのせて鍋に入れ、裏から菜っ葉を摘んできて、御飯のお粥を作ってくれました……。「私はそうして青森に来ました」娘は、目に涙をためながら「おらぁ、オッカァに、白いオマンマを食べさせてやりたい」……と言った言葉が忘れられない。

これは中央公論、昭和七年「飢餓地帯を歩く」をヒントにして書いたものです。二十数年前に読んだこの文章には相当私見が入っていますので悪しからず。

私はこの文章の中に左ポスターの写真が掲載されていたのをとてもショックを受けたのを鮮明に覚えています。

娘売りの場合
当相談所へ御出下さい。
伊佐沢村相談所　（昭和六年頃、山形）

××××

ついこの間まで、電気洗濯機もなく、掃除機もなく、冷蔵庫もなく、水洗便所もなく、寒い冬に暖房もなく、ガツガツ震えていた奴が急に環境が変わり、冷暖房の付いた家に生活し、直ぐ近くに行くのにも車に乗り外米が不味いと文句をつけ、何の能もないくせに能書きだけ垂れる連中、二十四・五歳のガキが世界旅行とかいってフランスくんだりまで行って、ブランド物です、といって何万、何十万もする袋を買い漁っている、たかが皮の袋である。これは今から二・三年前のことである。

私はこの目で見ている。こんなことをしているのは日本人だけである。頭がおかしいのではないか。折角フランスまで行ったのならもっとフランスの歴史でも勉強して欲しい。そして世界で何を見たかと聞くとガイドブック以上のことは何も知らない。

これを黙ってみている親も悪い。世間も悪い。大いに奨励して外貨を使わせている国も悪い。もっと有意義に使う方法があるはずだ。日本は四面海だ。世界の有能な人材を集めて、海上農業、海上工業でも考えたらどうだろう。そんな所に外貨を使って欲しい。

今、日本中、日本人が舞い上がっているのではないのか。今年一月に、大蔵省某財務官がこんなことをいっていた。

「日本は、世界最大の債権国なんですよ。一兆ドル、つまり百三十兆円を超える対外債権を持っている。しかも世界最大の金持ち国で世界最大の援助貸与国でもあります」

いったい、狭いアパート住まいして朝六時に起きて飯を食って、一時間以上もかけて会社に行き、夜の九時頃まで働き家に帰るのが夜の十時半、夕飯を食って風呂に入って寝るのが十一時過ぎ、日本でメイドを雇う余裕のある家庭はどのくらいあるのだろうか？

これが世界最大の金持ち国家の国民のすることかと。

世界中の国に、貴方にも上げます。貴方にも上げますと外貨を振舞っている。タイ国に四十億ドル、インドネシアに五十億ドル、韓国に百億ドル、その他聞いたこともないような国に援助、援助と振舞っている。

西暦二千二・三十年になると爺イ婆アばかりの国になることを、もっと真剣に考えたらどうなのか。

ついこの間まで我々が貧乏であったことをもっと知る必要がある。好況時代というものは、そう長く続くものではない。過去の世界の歴史を見れば判る。「ローマが滅びる時は世界も滅びん」と豪語したそのローマ帝国は今はない。「七つの海を支配する者は世界を支配する」と世界中に植民地を作った大英帝国、権力を欲しいままにしたそのグレート・

ブリテンは今はない。

日本も又その時期が来た。千二百兆円の預金があります、といって、世界のどの金融機関に手も触れさせず、のうのうと構えていた日本の銀行界にも不況を乗り切る為に外国の金融機関の協力をみとめざるを得なくなった。

後略

小山　草介

海外から
現在の日本を見て

先に書いたように、日本の財政は破産状態なのに、歴代の総理同様、小渕さんもよくやるね。手前の金じゃないから、にこにこ微笑みをうかべ、まるで世界の指導者になったかの如く、あっちに何億ドル、こっちに何億ドルと振舞っている。

一体この赤字はどうやってうめるの？

これを聞かせてもらおうじゃないの。

下じもの年金をけずるようなことはしないでよ。もしそんなことをするなら、政界のお偉方、官僚の給料及び退職金、年金の額を公表してよね。けずるならこっちをけずってからにしてちょ。

三・四年前、日本中の道庁、県庁の何十億円もの空接待、空出張、等々、もう名前も忘れちゃったけどそれらはどうなったの。

あの当時は、高級公務員の給料、賞与をけずって返済すると道庁長官、県知事さん達がいっていたが返済は終わったの？

あれ程連日さわいでいた新聞、テレビはさっぱり「うんとも、すんとも」いわないけれど、あんた達も無責任よ！

次にもう十年以上も前から行政改革の一環として議員の定数削減問題がいわれてきたが、一向に進展していない。

なぜなら本人の死活問題であり党勢に関係するからで、内輪でわいわい、いうだけでは片づかないわよ！　だけどね、民間では大会社から小企業までリストラして生き延びを考えているの。あんた達おかみの人達だけよ。口では国民の皆さんの為だとか何とかいっているけど何よ、胸にはバッチをつけて胸張って議事堂の中を闊歩しているけんど、特権階級みたいなあんなバッチをはずしてちょ。裃《かみしも》ぬげばただの人よ。

私がいい提案をするから聞いてちょ！

1　議員さんにも定年制をもうけること。そうね、年金支給年齢と同じ六十五歳でどうかしら。そうすれば政界も若返るわよ！

大体六十歳過ぎて頭角を表わした指導者は鄧小平、ルーズベルト、チャーチル、マハティール、吉田茂、李登輝ぐらいで確率は低いのよ！

そして十年も二十年も派閥に属し、まるで蛸部屋とでもいおうかそこで駆引きだけ覚え、どこかの総理大臣は民主主義は数が最重要であるなどといっているが、それは民主主義ではなく衆愚政治というのよ。数は少なくても正論には耳を傾けなければ駄目よ！　それが民主主義というの！

2　半年も病気で登院出来ない人は首をきってちょ！

それから議員というだけで、登院しない年寄りも同じ。いつまでしがみついているのよ！　自分が〇〇派の親分のように振舞って！　これも経費削減やめてちょ。

3　参議院も含めて定数は二〇〇でいいんじゃない！　その他大勢がいてもしょうがないわ！　そして二〇〇になるまでは死亡した人がいても補欠選挙はしないこと。

〇〇党の人が死亡するか誰にも分らないのだからお互い様でうらみっこなしよ！

つまり天命に従うということ。

又現在の参議院は存続の意味がないわ。

何故なら終局的に衆議院の議決通りになるのだから。

以上が私の提案よ！

次に他の問題で二・三問題を提議してみたい。

一　第二次世界大戦の敗因の一番大きな誤算は、日本の指導者は短期決戦で片づけようとしたし、又それが可能だと思っていたことだと思う。

ところがどっこい、アングロサクソン・スラブ民族等は、絶対中途半端な妥協はしない。それは日本とアングロサクソン民族の国技をみても歴然と分る。

即ち日本の国技といえば相撲だが、始めと終わりにはうやうやしい儀式があって肝腎の勝負は長くても二・三分、短ければ一瞬のうちに終わってしまう。

彼らの国技、例えばボクシング、一回三分間で十回戦あるいは十二回戦、どちらかがぶっ倒れるまで、あるいは審判官が判定を下すまで戦い続ける。

又映画、テレビドラマの西部劇、探偵物等を見ても、敵を地の果てまで追いかけるその執念は日本人にはない。

淡白な食べ物を好み、何事も大抵は二・三年で忘れてしまうのが、日本人である。

二　日本人は朝早く起き、満員電車に押し込められ、夜おそくまで働き、いい製品を世界に売っている。そして、くたびれてマッチ箱みたいな家に帰って暮らし、本当は日曜日は家で寝ていたいのだが、小さな子供がいてはそうもいっておられず、遊園地かどこかで家庭サービスをする。車で出掛けるのだが、高速道路を利用すれば高い交通料を支払い、高速道路とは名ばかり、低速道路で辛抱強く運転しなければならない。

そしてささやかな家庭団欒の一時を過ごす。これが世界最大の債権国、政治家のいう世界一の金持ちの国民の生活なのだろうか。

それに反し産油国はたまたま先祖伝来の土地から原油が出るので、労せず大金持ちになり、しかもカルテルを組んで安売りを防止し、これに対し世界中文句を言う国は一カ所もなく、ご無理ごもっともと高値で買わされている。王族はアメリカ、カナダでも大邸宅、大不動産を所有し、豪勢な生活をしている。

だがこの上手をゆく大資本家がいるのだ。

それはロイヤル・ダッチ／シェル、ブリテイシュ・ペトロリュウムとか、カルテックス等の原油採掘権を握っている会社である。

彼らは労せずして原油が出れば出るほど、潤うのである。

何とも矛盾した話ではないか。

三　再三ODAのことで恐縮だが、政府は金を出すにあたって、相手国がどこに、どうやって金を使っているのか、追跡調査しているのだろうか。又は何につかったら相手国民に喜ばれるのかを研究しているのだろうか。

先日フィリピンのテレビを見ていたら、アメリカの政府か、民間団体か明らかではないが、千軒ぐらいの簡単な家を作ってやり、その引き渡し式に先の大統領ジミー・カーター氏が列席している場面が放映されていた。

恐らく日本の援助額より格段安いコストと思われるが、逆にフィリピンの人達には数倍、数十倍喜ばれている様子がテレビを見ていてもこちらに伝わってくる。心憎い演出である。

日本大使閣下はこれを見ていたであろうか。

日本の援助もかくあるべきと思うが。

以上が私が見て感じたことを書いたが、一九九九年週刊現代の正月号には著明な外国人達が新年に寄せた小文を紹介したい。

まずハーバード大教授、サミュエル・ハンチントン氏。

いまの日本を見ていると、毅然とした政治指導者がいない。日本の政治家はコンセンサス（国民的合意）ができるのを待ってから行動するために、国家として機敏に対応できず、その緩慢さからくる弊害が大きくなっているのだ。

こうした日本の現状を見るに付け、日本という国は、まさに大統領制を必要としているのではないかと思う。

このアドバイスは期せずして私の先の著書〝日本少年カナダへ移民す〟に書いたことと一致しているので感無量である。

彼は続けて「日本では天皇制があるので、大統領制は矛盾するという考え方もあるだろう。しかし天皇陛下がいても、大統領がいても、少しもおかしくない。たとえばドイツやイスラエルでは、大統領がいて、その上、首相を国民が選んでいる。特にイスラエルは、首相の公選制をとっている」といっている。

続いて元ドイツ首相、ヘルムート・シュミット

ドイツは、第二次世界大戦の際、ナチスがヨーロッパ中に迷惑をかけた歴史がある。だが日本と違って、戦後はフランスをはじめとする近隣諸国にお詫び行脚をした。謝り続けるという感じだった。ドイツ国内では、謝り過ぎだという声もあったが、おか

げで、いまではEUの通貨統合にまでこぎつけた。

ひるがえって、日本はどうだろう。戦後半世紀も過ぎているというのに、いまだにアジアの指導者に友人がほとんどいない。

日本と関係の深いマレーシアのマハティール首相だって、失脚したインドネシアのスハルト大統領だって、日本の過去の行為を苦々しく思っているに違いない。あえて日本の友人を探せば、台湾の李登輝総統くらいのものだろう。

ではアジアだけでなく、広く国際社会を見渡した時に、日本には友人がいるのか。日本人はきっと、「アメリカこそ日本の友人だ」というだろうが、それは単なる片思いではないのか。私が見る限り、アメリカが本当に日本を友人と思っているかどうか、怪しいものだ。

それなのに日本は、アメリカのドルばかりありがたがってあつめている。ドルなんて、しょせんは単なる紙切れにすぎないのに、車や、コンピューターなど優秀な日本製品と交換するのは、馬鹿げたことだと思わないか。

日本はアジア諸国にたいしては、ヒモつきのODAをばらまき、汚職の温床をつくってきた。こんなことばかりやっていて、アジアで真の友人が出来るはずが無い……。
次に中国の作家陳放
昨年七月に自著「天怒」の日本語版キャンペーンのために訪日した時、宿泊していた東京・永田町近くのホテルは、自民党総裁選のため、政治家たちで騒然としていた。
中国の政界を舞台に小説を書いてきた私は、日本の政治にも興味があったので、近くを覗いたり、テレビで候補者の討論会をみたりしていた。
その結果、私の頭に思いうかんだ句は、
三個小孤捉迷蔵、
大人看了思諒。（子供三人かくれんぼ、大人は不思議でしょうがない）
というものだった。
長年、中国政界の権謀術数を見てきた私には、日本の政治家たちが幼稚にみえて仕方がなかったのだ。
故、田中角栄元首相の娘さん田中真紀子代議士が、総裁選に立候補した小渕、梶山、小泉の三人を評して、「凡人、軍人、変人」とバッサリ斬ったのも、理解できる。私ならこの三人を「庸人、横人、明人」（平凡な人、横暴な人、知恵者）とでも呼びたいところだ。

結局、もっとも凡庸な小渕さんがえらばれて日本の首相になったことは、日本の指導者が三流であることを象徴しているではないか。

多くの日本人と接してきて思うことは、日本では一流の人はビジネスマンになり、二流の人は学者になり、三流の人が政治家になるということだ。伝統的に、もっとも一流の人が政界を目指す中国とは正反対だ。

日本の政治を見ていると、政治家たちが国民のためになる政策を競い合うのでなく、各派閥がサル山のサルのように、権力闘争をくり返しているだけだ。

だから各派閥の妥協の産物として、面白味のない安全パイのような人が上に担がれる。こんな人と首脳会談をしなければならない各首脳たちこそ、いい迷惑だ。

日本の政治システムを見ていて思い起こすのは、日本製の高性能カメラだ。完全オートフォーカスなので、誰がシャッターを押しても同じ写真になる。同様に、日本では誰が首相になっても同じ政策が出てくる。

だが、日本のカメラ会社は次々に新製品を出すが、政界のシステムは相変わらず旧態依然としているので、日本は沈んでいく一方だ。

と強烈なそして適格な日本政界の批判をくりだし、これに続くアドバイスも又的をえている。即ち、日本の政治家がこのように腰抜けなので、昨年十一月に来日した江沢民・中国国家主席が歴史問題で日本を一喝したのも当然だ。

江主席が日本から帰国した後、中国では学生を中心に反日感情が再び高まっているのだ。江主席だけでなく、中国政治家が一般に日本人に対して抱くイメージは、「狭骨隣虚居」（硬骨な隣人）というものだ。「信美不信日」（アメリカは信じるが日本は信じない）という政治家もいる。

欧米にいった中国人留学生は、たいてい親米派、親欧派になってて帰って来るのに、日本に行った留学生だけは反日派になって帰ってくる。彼らが明日の中国を背負って立つことを思うと、中日関係の将来に明るい希望は持てない。

また我が国の留学生たちを次々に落胆させていく日本が、政治大国になれるはずもない。

云々といっている。思うに何故中国人留学生が反日派になるのか。これは日本人の体質で、よそ者とは距離をおいて付き合うからではないかと思う。

アメリカ人のようにフランクになれい日本人、これはやはり徳川幕府の鎖国政策によるものであると思うのである。

最後にタイ国のノーベル平和賞候補者、スラク・シバラクサ氏の意見を聞いてみよう。

日本の問題点として、いかなるレベルにおいても、リーダーシップが欠落していることが挙げられる。日本には「知慧者」がいない。日本国内で増えているのは、狭い範囲の専門分野で力を発揮できるエキスパートのみである。

中略

たとえ進歩的な日本人が、たとえば「アジア太平洋青年フォーラム」といった会合を開催したとしても、残念ながら交流はその場限り。こうした機会を利用してその後も関係を継続しなければ、外国人と本当の意味での友情を築くことは不可能だ。

中略

アジア、特に東南アジア諸国との関係については、まず日本は東南アジアなど取るに足らない地域だと見がちである。これは第二次世界大戦時に日本の占領下にあった東南アジアに対する当時の日本人の蔑視的な見方が、いまでも残っているからだ。

現在、多くの東南アジアの女性が日本人男性と結婚して、日本に住んでいる彼女たちは一見すると、母国で生活するのと違って、車や冷蔵庫、コンピューターなどに囲まれ、恵まれた環境で幸せにくらしているように見えるが、現実はだいぶ違う。彼女たちは、義理の母親にひどい扱いをうけたり、社会全体から見下されたりしながら、窮々と生きているのだ。

中略

日本は本当の意味の友好国を作ることだ。

日本の利益や立場を気に掛け、忠告を与えてくれる真の友を近隣諸国に見つけて行く必要がある。

以上の文章は、日本人自身が気がつかないことを外から我々のことを思って忠言してくれたものであると思う。

噛み締めて味わうべきだろう。

あとがき

日本にはチップという制度がないが、フィリピンにはある。

空航でタクシーをひろってもチップ、カバンを持ってもらってもチップ。

これは多額ではなく十ペソ（三十円）か二十ペソ（六十円）でよいのだが、日本人はチップ用の小銭を用意していないので、つい日本円で多額のチップをはずんでしまう。

飛行場・マニラ、セブには場内に銀行があるので、小銭を予め用意しておいた方がよい。

よく団体旅行で帰りの日本人旅行者が、ホテルから飛行場へ来るのに小銭がないので千円札をあげたとか、五人一緒に乗ったから五千円あげたとか話しているが、これが通説になって日本人と見ると「チップをくれ」とねだるし、しかも十ペソ、二十ペソでは彼らは満足しない。

欧米人は、金銭にはシビアであるから、又チップの必要な社会に住んでいるから、決して多額のチップはあげない。従って彼らにはフィリピンの人はたからない。

最近ガソリン代が上がったので、運転手も生活が大変らしい。

こちらのタクシーは大多数小金持ちのオーナーが五台とか七・八台所有し、運転手に一日五百ペソを上納させているオーナーが多いそうで、その他ガソリン代、事故をおこした場合の費用は運転手持ちとなかなか厳しい社会である。

そこで私は遠距離にいくときはいつも「メーターで行ってくれ。その料金にプラス百ペソあげる」ということにしている。運転手は喜んで運転してくれる。

次に本文に書き落としたことがある。

それはフィリピンの人達は欧米人との混血を誇りに思っている。

ＴＶに出てくるタレント、女優いずれも色は白いし、美人だし、目は大きい。

週一回、カレンダー・ガールと称する、いうなれば美人コンテストみたいな見飽きない番組がある。

前著にも書いたことがあるが、日本の英語勉強は文法主体であるが為に、こうしゃべったら文法的に間違いないか、などと考えているから、しゃべれないのであって、幼児が親がしゃべっている通り、まねしてしゃべっている、あの調子で丸暗記で覚えればその内、すらすらとしゃべれると思う。

英語は今や世界語であって、先日インドネシアのワヒド大統領も英語で会話しているし、又日本のWOWOWテレビで見たのであるが、ニュージーランドの、酋長か大統領か知らないが、樹林を韓国とマレーシヤの会社が伐採し、これを日本に売っているという。これは自然破壊、環境破壊であり大問題であると、インタビューしている人と英語で抗議している場面を見た。

フィリピンの人に日本人の代名詞として「背が低く、目が細く、眼鏡をかけて英語がしゃべれない人」といわれないよう、幼時から勉強すべきだと思う。

前著、〝日本少年カナダへ移民す〟の読者から手紙をもらった。

その人は千葉県T市に住んでおられる方で奥さんが、指圧、マッサージを開業しておられ、営業も繁盛しておられるようだが将来の日本に、期待が持てず、ご夫婦でカナダへの移民を考えている。

既に一昨年から一年半、十回程、下見・見学に出かけ、日系の人、カナダ人と親しくなって、彼らの家に招待されたり、秋には松茸狩りとか、市、内外の見物に連れていってもらった場合の、謝礼をどのようにしたらよいのかとか、レストラン、タクシーのチップはどれくらいあげたらよいのかとか、英語の上達法はないのか等、是非聞かせてほしいという内容であった。

そこで私は次のような返事をした。

先づ親しくなった人達に招待されたりした場合は、相手が酒を飲む人であればビール一ダース、私が住んでいた時は確かカナダドルで二十五ドル内外（日本円現在の為替レートで二千円前後）かワイン一本、これも色々種類はあるが二十ドル前後のもので良い。

松茸狩り等バンクーバー郊外へのハイキングでは大概、ランチはバーベキューをするので、やはりビール一ダースとか、人数によっては二ダースとかで充分で、あまり大袈裟なお礼をすると、かえって怪訝な顔をされる。

次に英語の上達法であるが、私の考えは、日本語の発音はのっぺらぼうで抑揚がないが英語は単語でも会話の小文でも、アクセントをつけないと通じないということである。

例えば、スパゲティはゲにアクセントをつけるように、単語を覚える時、どこにアクセントをつけなければならないかも覚えなければばらない。

又日本語のアイウエオにしてもイロハにしても英語には日本語で発音出来ない字が沢山ある。

例えばＬとＲ、ＴＨ、Ｆ、Ｍ、Ｎ、Ｖ等である。

ところが韓国語では、ＭとＮとＮＧは英語と同じ発音である。例えばＭは字で書くとㅁで、例えば김はＫＩＭで日本語ではキムになってしまう。Ｎはㄴで日本語では鼻にぬけるＮＧの発音になる。ＮＧはㅇで、このように色々な文字を組み合せて用いる。

日本ではＭはムであり、本来はこの字を発音する時は口を閉じなくてはならないのだが、日本は閉じないから、ナムさんになってしまう。Ｎ・Ｌは舌をつけなければならないが、そうしないから日本人のしゃべるＮはＮでなくＮＧになってしまう。例えば今一つㄴはＮであり韓国の韓の字はハングルで書けば한で英語ではＨＡＮと発音するが、日本人が発音すると、これもＨＡＮＧとなってしまう。

従って日本語のンはＮでなく、ＮＧで発音しているので、欧米人に言わせると、日本人のしゃべる英語より韓国人のしゃべる英語の方がよく分かるという。

これ又あまり気にしていると本来の英語がしゃべれなくなるので、これぐらいにして、英語にも一つの型があるのでこれを出来るだけ覚えるとよいだろう。

例として電話をかける時、日本人は一番丁重な言葉でいうので、顔を見えなくても、あっ、この電話は日本人だとすぐ分かる。

MAY I TALK TO MR・K? だが一般的には
CAN I TALK TO MR・K? を使う。

レストランで注文する時は
CAN I HAVE SUSHI? あるいはI LIKE SUSHI. でよい。先の文のイントネーションは上がるし、後者は下がる。

要するにこのような型を出来るだけ沢山覚えれば結構しゃべれる。

次にチップだが、タクシーもメーターの十パーセント、ウエイトレスも料金の十パーセント、しかしこれは定価ではないので、気持のよい人、例えばひんぱんにコーヒーを入れてくれるウエイトレスなどに渡す。勿論これ以下でも別に問題はない。

あと移民なり、長期滞在なり人間関係で一番気をつけなければならないことは、外国人より同国人に気をつけなければならない。

何故かというと、彼らはその国に長く住んでいろいろのことをしっており、新参者は何も知らないので、つい彼を頼りにしてしまい、彼のいう事を信頼してしまうからである。カナダで年令も移民した時期もほとんど同じ私の囲碁友達が、まんまと引っかかり、日本円で一千万円程損をした人を知っている。

それはご存知のようにカナダはサーモン、うに、数の子等の良い魚場であるが、その一つの権利金がこの二・三年のうちに値上りするということで、私の友達は何口かの権利を買ったが、それは価値のない偽物であったのである。

フィリピンにもこの類いの者がいる。

ホテルのレストランで近づいてきて、ことば巧みに金儲けの話をする者は要注意である。以上私は知っている限りのことをその人に書き送った。

さて前回もそうだが、近藤晋氏には今回もご多忙のところ私のために最終校正も含め、何かとご指導頂き、やはり学友はいいものだとつくづく思います。彼、近藤君とは成城学園高等科の入学式で知り合い、当時は未だ戦後の混乱状態が続いており、食べ物も不足しており、どこの駅前にも闇市が立ち並び、金さえあれば店先の色々な食料品が買えました。

しかし近藤君は尾張一宮から単身上京し、小田急線経堂にある親戚の家に下宿していたので、栄養のあるものを食べられず、夏休み前には栄養失調で骨と皮の状態になり、一宮に帰っていきました。

その名残りか今でも細身の体で、どうしてあのような精力的な活動が出来るのか不思議でたまりません。そして彼が一歳先輩なので、私には甘えがあるのかもしれません。

今回もこの九月十五日、『長崎ぶらぶら節』の上映を前にして多忙なのに、色々と原稿に目を通して頂き、又々ご迷惑をかけてしまいました。

また今回は、私が三十代始めの頃、女子社員として入社した倉田祀子氏に校正をお願いした。

初めての仕事で自信がないと断られたが、頑張り屋さんの彼女を知っているので、無理矢理お願いして完成したのである。

両氏にはここに感謝を込めて御礼申し上げる次第である。

最後に、若し私が二十歳代であるなら、日本のような狭い国（これは地理的なことだけをいうのではない）、因習、しがらみに縛られた日本社会を飛び出し、外国で一旗揚げることを考え、実行するだろう。

特にこの十年にも及ぶ平成不況から脱せられず、二十二・三万人程の新卒者が未だ就職できない状態である。

破産状態の国家財政を立てなおす為には大増税・社会福祉の削除しかないので、今後の日本はますます住みにくい国になる。

若者よ。

自らの力と努力で、世界へ羽撃いてくれ。

二〇〇〇年　十二月　吉日

木林　教喜

参考文献

物語フィリピンの歴史　鈴木静夫著　中公新書

週刊「現代」一九九九年正月号　講談社

弟　石原慎太郎著　幻冬舎

どりあん　在ダバオ日本人会会報より

マニラ極楽暮らし　小松崎憲子著　マガジンハウス

著者プロフィール

木林 教喜（きばやし のりよし）

1930年（昭和５）12月　東京市神田にて出生
1950年（昭和25）３月　旧制成城学園高等科卒業
1952年（昭和27）３月　慶應義塾大学法学部政治科卒業
1953年（昭和28）10月　慶應義塾大学院中退と同時に実業界に入る
1989年（平成元）１月　家族とカナダへ移民する
1997年（平成９）４月　離婚のため単身日本へ帰国する
1998年（平成10）３月　フィリピン・ダバオ市へ移住

現住所
Fabro Hills, Pusok Lapu-Lapu City, Mactan, Cebu　Philippines

カナダの次はフィリピン

2000年12月1日　初版第１刷発行

著　者　木林教喜
発行者　瓜谷綱延
発行所　株式会社文芸社
〒112-0004 東京都文京区後楽2－23－12
電話03-3814-1177（代表）
03-3814-2455（営業）
振替00190-8-728265

印刷所　株式会社エーヴィスシステムズ

乱丁・落丁本はお取り替えします。
ISBN4-8355-1035-6 C0095